WARRIORS 貓戰士

外傳之VII

說不完的故事1
The Untold Stories

艾琳・杭特（Erin Hunter）著
謝雅文、宋亞 譯

晨星出版

特別感謝凱特・卡里

目錄

WARRIORS

貓戰士

雲星的旅程

Cloudstar's Journey

歐棕羽：琥珀色眼睛的深褐色公貓。
鷹雪：帶有白色斑點的棕色公虎斑貓。

雷族 *thunderclan*

族長　**紅星**：深薑黃色公貓。
副手　**籽毛**：有深色斑點的灰色母貓。
巫醫　**隼翅**：深棕色的公虎斑貓。

影族 *shadowclan*

族長　**晨星**：奶油棕色的母貓。
副手　**蛇尾**：棕色的公虎斑貓。
巫醫　**痣皮**：矮小的黑色公貓。

風族 *windclan*

族長　**燕星**：深灰色公貓。
副手　**乳尾**：奶油白色的公貓。
巫醫　**雲雀翅**：銀色加黑色的母虎斑貓。

河族 *riverclan*

族長　**樺星**：淺棕色的母虎斑貓。
副手　**李毛**：黑色的母貓。
巫醫　**冰鬚**：銀灰色的公貓。

各族成員

天族 *skyclan*

族長　雲星：淺藍色眼睛、帶有白色塊的淡灰色公貓。
副手　鳩尾：綠眼睛的薑黃色公貓。
巫醫　鹿步：淡棕色的母虎斑貓

戰士　（公貓，以及沒有子女的母貓）
鼠齒：沙色的母虎斑貓。見習生：蝸掌。
夜毛：黑色公貓。見習生：橡掌。
鼬毛：橘白相間的公貓。見習生：艾菊掌。
雨躍：藍眼睛的銀色公虎斑貓。見習生：薄荷掌。
鶺鴒心：帶斑點的灰色公貓。
鼬鬚：棕黃相間的公貓。見習生：橡實掌。
蕨皮：深棕色母虎斑貓。

見習生　（六個月大以上的貓，正在接受戰士訓練）
橡掌：灰色公虎斑貓。導師：夜毛。
橡實掌：淺棕色公貓。導師：鼬鬚。
蝸掌：深棕色公虎斑貓。導師：鼠齒。
艾菊掌：奶油色的母貓。導師：鼬毛。
薄荷掌：淺灰色的母貓。導師：雨躍。

貓后　（正在懷孕或照顧幼貓的母貓）
鳥飛：琥珀色眼睛、淡棕色的長毛母虎斑貓。
榛翅：綠色眼睛的橘色母虎斑貓。生下小網（淡灰色公貓）、小孵（深灰色公貓）、小燼（橘色母貓）、小鶇（銀灰色母虎斑貓）。

長老　（以前是戰士、貓后，現在已經退休）
瓣落：深綠色眼睛的玫瑰奶油色母貓。

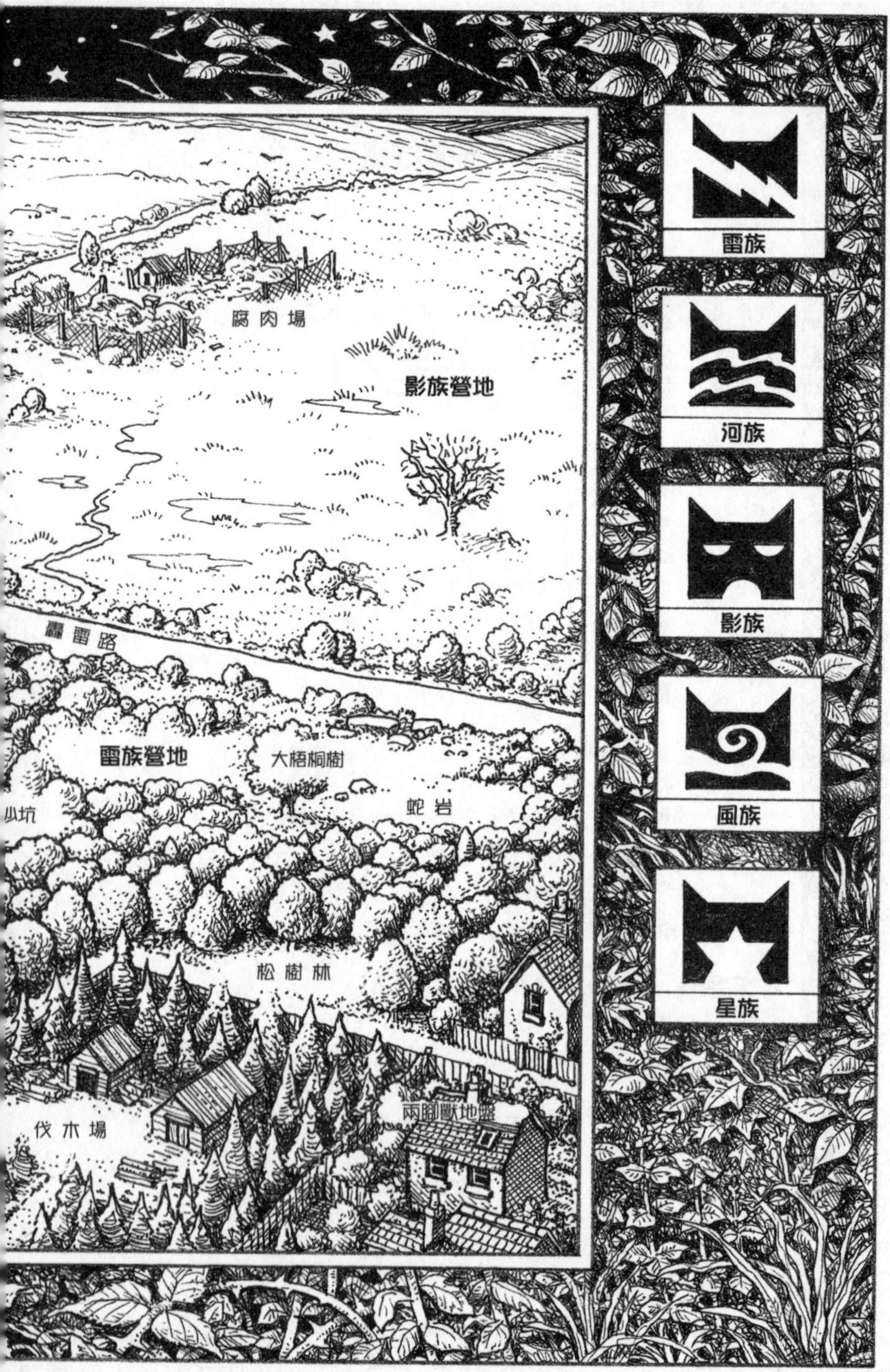
腐肉場
影族營地
轟雷路
雷族營地
大梧桐樹
蛇岩
松樹林
伐木場
兩腳獸地盤
雷族
河族
影族
風族
星族

高岩山
大麥的農場
風族營地
四喬木
瀑布
貓頭鷹樹
河流
陽光岩
河族營地

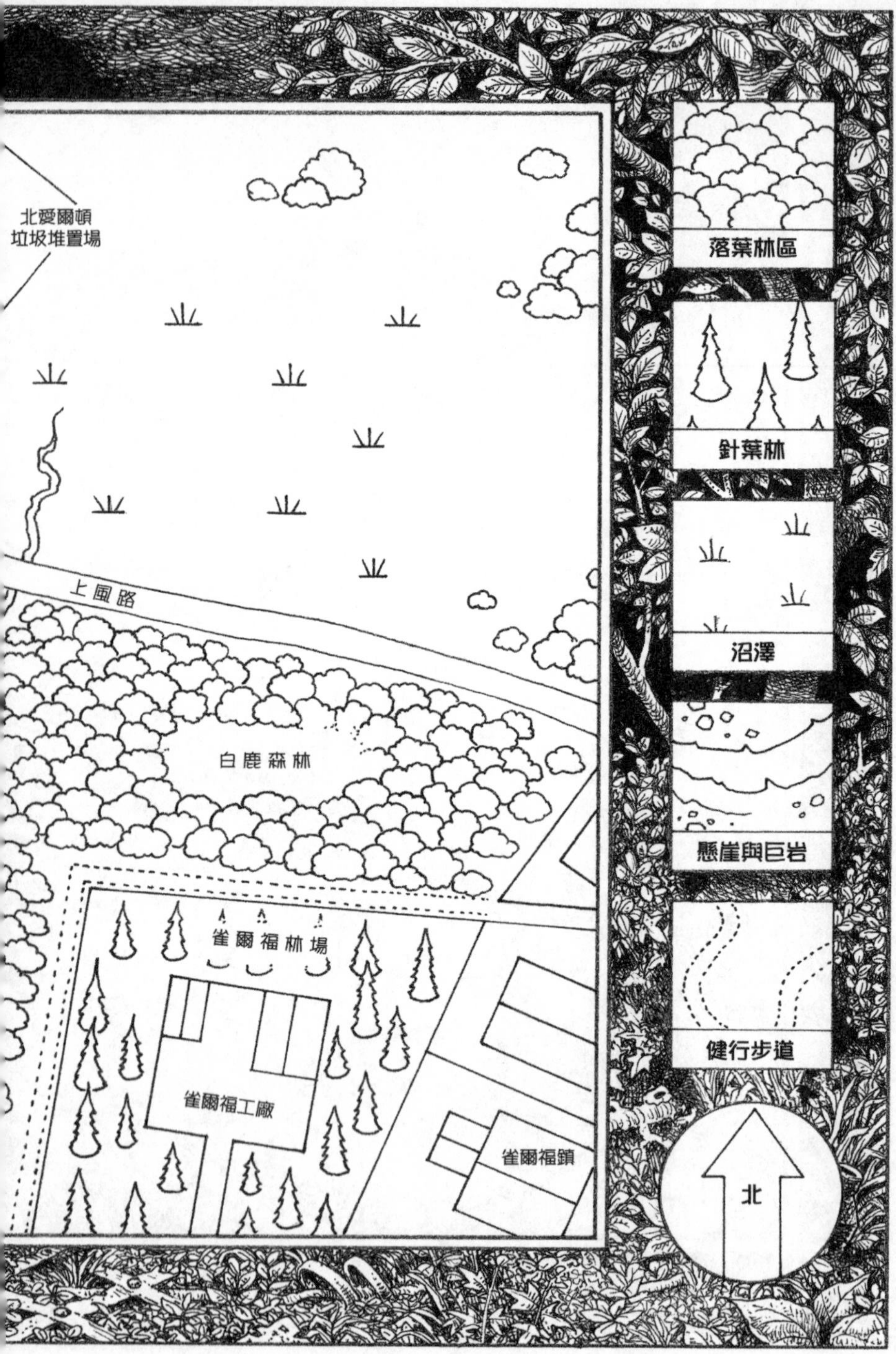
北愛爾頓
垃圾堆置場
上風路
白鹿森林
雀爾福林場
雀爾福工廠
雀爾福鎮
落葉林區
針葉林
沼澤
懸崖與巨岩
健行步道
北

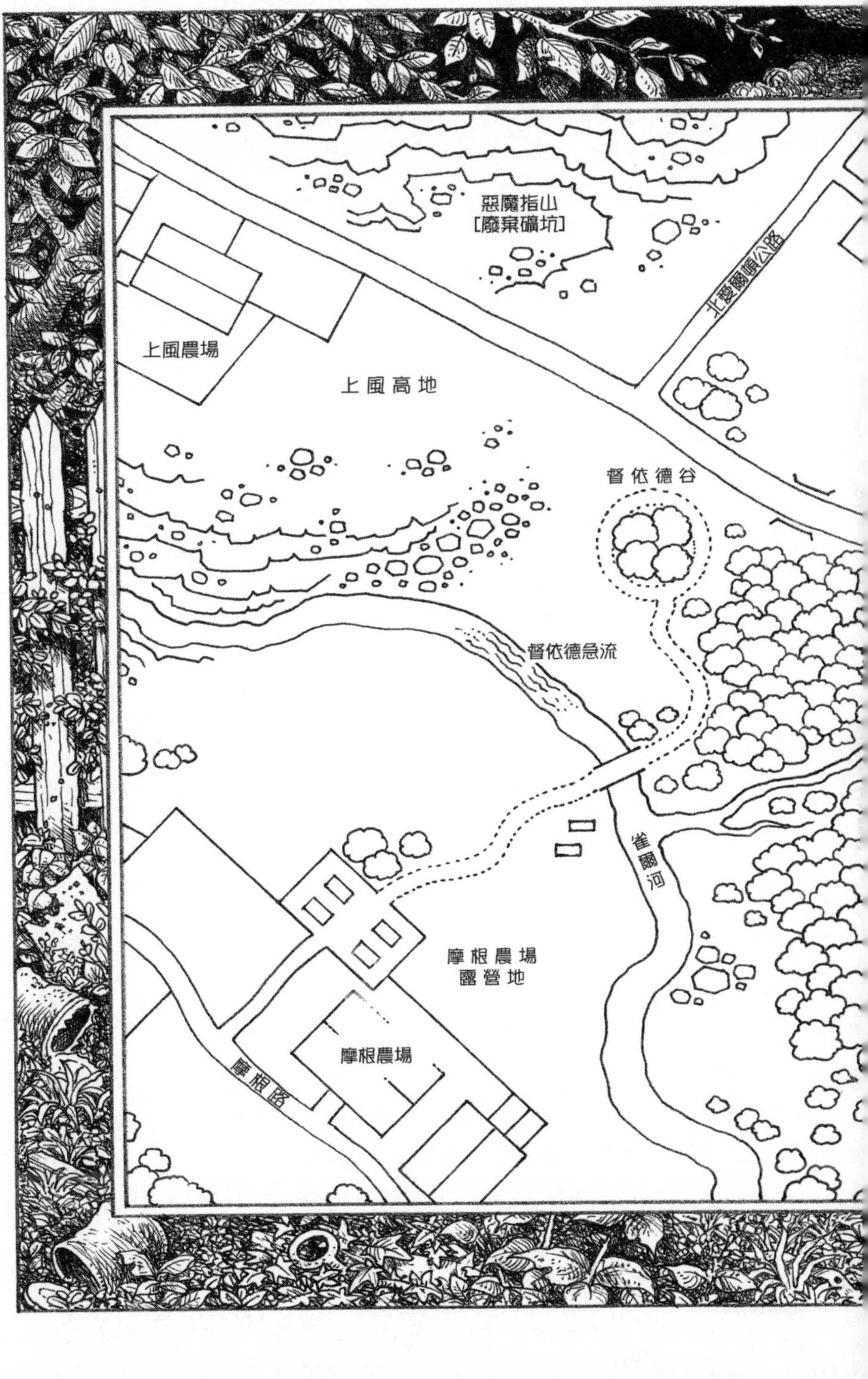
惡魔指山
[廢棄礦坑]
北愛爾頓公路
上風農場
上風高地
督依德谷
督依德急流
雀爾河
摩根農場
露營地
摩根農場
摩根路

第一章

一束束日光把林地照得斑駁，空氣中瀰漫著潮溼新葉的濃厚氣味。

雲星猛一抬頭，瞧見深灰色的動靜從他頭頂一閃而過：一隻松鼠在樹枝間奔竄，尾巴在身後如羽毛般流動。

「你就站在這裡看戲嗎？」鳩尾鼻子抽動，喵聲問道。這位結實的薑黃色副族長走到樹幹邊，抬頭凝視。「還是希望牠自己爬進新鮮獵物堆？」

雲星哼了一聲。「那隻留給見習生去抓就好啦。」他舉起一隻腳掌，搔搔耳後。「我這把老骨頭做太多日光浴了，沒辦法在樹林間追逐囉。」

「什麼老骨頭？胡說八道！」鳩尾質問道。「你沒比我大到哪兒去，但論起追逐戰鬥，我可經歷得比你多。」

雲星繞過副族長身旁，走向一簇淺綠色的蕨類植物。「啊，族長背負的重擔把我給累壞了嘛。」他半開玩笑地說。

鳩尾腳掌聲啪啪響地奔向雲星，收起利爪往他的臀部拍了一下。「等你的小貓誕生，吵得你睡不好覺，那才是你唯一的重擔。我聽鳥飛跟榛翅說，她要讓小貓們在你窩裡睡會兒，好給自己換得片刻安寧。」

雲星樂得呼嚕叫。「歡迎得很，」他喵喵叫。「我等不及要見到他們啦。」

鳩尾翻了個白眼。「等那群小毛頭拉你尾巴、嚼你鬍鬚，你就知道多難受了。」

「印象中你家那三隻小鬼找你玩的時候，你也沒抵死不從啊！」雲星提醒他。

蝸掌、艾菊掌、薄荷掌現在已是見習生了，跟所有天族的戰士一樣擅於爬樹；不過他們剛出生的時候，鳩尾對這幾個寶貝可是呵護至極。

鳩尾嘀咕一聲。「你等著瞧吧。跟照顧小貓相比，追那隻松鼠要輕鬆多了！」

這時，小樹枝的劈啪斷裂聲使兩隻貓無心對話，朝蕨叢那頭凝望。綠莖中勉強能看見一個模糊的形體。雲星張嘴嚐嚐空氣。

「是不是雷族的巡邏隊？」他扯開嗓門問道。

蕨叢一分為二，一張長了斑點的灰臉現形。「雲星？你該不會追松鼠追到我們的地盤了吧？」

雲星嗤之以鼻。「籽毛，沒這回事。天族的貓從不把邊界當作玩笑。」他講起話來雖然輕聲細語，卻不打算讓雷族的副族長血口噴人。

籽毛點點頭，在蕨叢裡踏了幾步，最後和天族的貓距離不到一隻狐狸的距離。她伸長脖子，東聞西嗅。

「我們又沒亂動邊界的記號。」鳩尾咆哮道。

籽毛瞪大她的一雙碧眼。「這是當然囉，」她呼嚕叫道。「鳩尾，我又沒怪你。」

「還真難得。」天族的副族長犯起嘀咕。

「籽毛，沒事吧？」蕨叢遠處有個聲音在呼喚。

「沒事，謝了，蕁爪，」籽毛嘴上雖這麼說，目光卻一刻也沒離開過雲星。她壓低音量問他：「天族一切都好吧？」

「好啊。為什麼不好？」雲星感覺自己頸背的毛都豎起來了。

籽毛兩眼閃閃發光。「族長跟副族長親自巡邏，這景象可不常見。要我說，敵族如果有心挑起戰爭，輕而易舉就能把兩位擺平了。」

「我們才不怕妳呢。」鳩尾咆哮。他往前邁出一步，但雲星尾巴一彈，將他攔住。

「別被她惹毛了，」他警告老友。「貴族不嚴加看守邊界記號，輪不到我插嘴；但只要有一隻腳爪入侵我族的領地，我們都不會寬待。」

籽毛點了個頭。「雲星，我們作夢也不敢哪。」

雲星動一下耳朵，示意鳩尾跟他走，兩隻貓就這麼走進樹林。

等到一離開雷族巡邏隊的聽力範圍，鳩尾就惡狠狠地說：「那個毛球在瞎扯什麼，說我們是敵族巡邏隊好下手的目標？」

雲星聳聳肩。「籽毛只是想轉移話題，讓我們忘了她的巡邏隊太接近我們的邊界。那簇蕨類向來是兩族領地間的疆界；照理說，雷族巡邏隊應該把記號留在蕨叢的另一頭才是。」

鳩尾豎起毛髮，停下腳步。「沒被我們扒掉耳朵，算他們走運！」

雲星繼續往前走。「籽毛在那裡發現我們，一定嚇得半死，也知道從現在起，我們會開始檢查雷族的氣味記號。」

鳩尾在他身後重重頓足，嘴裡還是叨叨絮絮。「雷族的那些貓還以為他們想到哪裡狩獵都可以呢。要不是當年暗星割了天族一塊地給他們發展，他們今天也不會把我們的氣味記號視為無物、侵門踏戶。我知道他是我們的族長，但那真的是個鼠腦袋的決定。」

雲星凝視邊界遠處的樹林。那頭的樹長得比天族其他地區更濃密，大多是樹幹很粗且多節瘤的橡樹，樹枝重得垂到地上。

雖然暗星在大集會發表那項震驚眾貓的宣言，表示願意把部分的領地讓給雷族的時候，雲星還沒出生，這項決定卻依然教他的族貓心有不服。

「暗星這麼做是有原因的。」他對鳩尾喵喵叫。

「怎樣？因為他腦袋裡有蜜蜂嗎？」

雲星搖搖頭，試著想像他坐上暗星的位子，為了枝幹枯老脆弱、但葉子茂盛、富藏松鼠小鳥的一排樹長年征戰、筋疲力盡。

「森林的這一區更適合雷族的戰士狩獵。他知道當時雷族貓后剛產下幾窩小貓，境內的領地無法提供足夠的糧食。我們是敵族沒錯，但森林裡一向是五族鼎立。如果哪一族陷入餓死的危險，我們有責任出手相助。」

「戰士守則裡可沒寫這一條。」鳩尾咆哮著說。

「對，但是其中有一條規定要服從族長，」雲星以輕鬆的口吻說。「事實上，這都要託暗星的福。你還記得這條戰士守則是他負責寫的吧？現在，你的族長命令你回到營地，看狩獵隊帶了什麼吃的回來！」

ᵛᵛᵛ

「他回來了！」

雲星和鳩尾一從環繞天族營地的荊棘鑽出來，四個小小的身影就在硬實的泥地上飛奔而去。「雲星！榛翅說你要教我們格鬥招數耶！好不好嘛？」

雲星輕輕抽離那些亂動的灰毛球和橘毛球。「飛撲，你們好像已經很在行了。」他喵聲道。

一隻橘色母虎斑貓匆匆上前。「小貓！小貓！別煩雲星了！」她轉身面向雲星，綠眼流露歉意。「真抱歉。我不知道他們那麼旺盛的精力是哪來的。我唯一讓他們在育兒室放過鳥飛的方式，就是保證你會教他們幾招格鬥技巧。」

雲星低頭望著前掌前殷殷期盼的四張小臉。「榛翅，不要緊。我一定可以讓他們開心好一陣子。」

最大的小貓，也是淺灰色的公貓，興奮地蹦蹦跳跳。「你的意思是不是，我們要開始接受戰士訓練了？」他吱吱叫道。

「小網，還不算是，」雲星喵聲道。「你還要再等五個月。現在呢，先到榛樹叢那裡等我，順便做伸展運動暖暖身。」小貓們爭先恐後地離開，小網跟他的弟弟小孵跑在前頭，他們的妹妹小燼跟小鶇也在幾步遠的後頭跟著。

「你覺得我們的寶寶以後也會這麼活潑嗎？」雲星身邊有隻貓輕聲問道。

他轉身凝視鳥飛琥珀色的雙眸。她一臉倦容，褐色長毛下的肚子隆起。「妳該去休息，」他提醒她，「走，我帶妳回育兒室。」

鳥飛對他彈了一下尾巴。「我悶在裡面已經夠久了。讓我在外面透透氣嘛！」

雲星把臉貼著她的肚子。有東西貼著他的臉頰顫動。「我猜這隻會跟小網一樣活潑。」他大膽預言。

鳥飛發出呼嚕聲。「真等不及要見到這小伙子了。」她滿足地說。

「也可能是小女生，」雲星插嘴道。「跟榛翅一樣生兩公兩母也好。不然三隻公貓照顧姐妹也行。」

「我生的女兒會照顧自己！」鳥飛回嘴道，但眼神盡是溫暖。「搞不好還會照顧兄弟呢？」

雲星把口鼻靠著鳥飛的頭頂，感覺她的耳尖像是蛾的翅膀般輕拂他的下巴。「我會把我懂的全都傳授給他們，這樣他們就不怕受傷了，」他作出保證。「就算他們成了戰士，我還是會繼續守護。他們會是我生命中最珍貴的寶貝——當然妳也是。」他閉上眼，深吸一口鳥飛的甜美氣味。

星族的祖靈啊，感謝祢賜予我夢寐以求的一切。讓我的部族壯大、疆界安全，我跟鳥飛很快就要迎接屬於自己的寶寶了。祢對我真是仁慈啊。

「雲星！雲星！」小鶇在榛樹叢旁呼喚他。

他輕嘆一聲，從鳥飛身旁離開，走向林間空地的彼端。不過，這時小樹枝劈哩啪啦一陣亂響，他停下腳步、猛一轉頭，只見蕨皮率領狩獵隊返回營地。她大大的雙眸寫滿擔憂，一鑽出荊棘就直接走向雲星。

他望向她身後的巡邏隊，看他們帶什麼回來。令他震驚的是，只有蝸掌擒了獵物：一隻看起來溼氣很重的松鼠，灰色的尾巴拖在地上。

「就這樣？」雲星驚呼道。

蕨皮豎起毛髮的站在他面前。「根本沒吃的可找！」她說。「我們到松樹旁的邊界，可是樹林裡空蕩蕩的。蝸掌費了好大工夫才抓到那隻松鼠。」

「那只是因為牠有一半淹在水坑。」橡實掌嘀咕道。他跟其他外出覓食的貓一樣，毛亂糟糟的，還沾了爛泥。

「現在都快綠葉季了耶，」雲星喵聲道。「獵物應該多到會往我們腳邊跳才是！」

蕨皮搖搖頭。「森林這一區沒這麼幸運。兩腳獸在邊界外製造太多噪音，把獵物都嚇跑了。就算真有獵物堅守不退，怪獸的臭味也重到害我們聞不出來。」

雲星瞇起雙眼。巨大的黃色怪獸在他們邊界外，翻攪大片土地已經有好一陣子了。他們沒侵犯天族的領地，所以雲星也不以為意。兩腳獸做的事雖然總是令他們匪夷所思，但很少會侵入邊界。

颰毛靜悄悄地走到雲星面前。他也是蕨皮巡邏隊的成員。「依我看，我們不該再沿著邊界狩獵了，今天黃色怪獸好像更逼近了，可能會造成危險。」

雲星搖搖頭。「我不這麼想。大家都知道兩腳獸在伐樹之地砍樹，但牠們從沒在其他地方騷擾我們。甚至沒帶牠們的狗進入那塊領地。等獵物習慣黃色怪獸的噪音，自然就會回來了。你們今天外出狩獵的運氣不佳罷了。」

第二章

雲星在一叢枝繁葉茂的接骨木下窩著，做起夢來。

他在樹木間距很大的一座森林裡，橡樹、樺樹、梣樹全都高得聳入雲霄。他們的樹枝分布，利於貓兒迅速、不受阻礙的爬行，地上也不見荊棘或糾結的蕨類，所以貓兒在追捕獵物或敵貓時，可以平安地跳落地面。不過雲星很清楚，這裡沒有敵貓，就連敵族也很友好，因為這是星族，他的祖靈在這裡和睦相處，一同庇佑凡間的貓兒。

雲星在樹幹間踱步，幾束日光劃過樹林，為他灰色與白色的毛皮捎來陣陣暖意。

空氣中不時傳來獵物和新生植物的氣息，他也躍躍欲試，渴望跳上最近的一棵樹直竄天際，從一個截然不同的視角眺望在腳底展現的森林。

這時，身後傳來了輕柔的腳步聲，把他嚇了一跳。

一隻深薑黃色的母貓向他踱步而來，雲星打從命名儀式起就認得她了。「楓星！」他點了個頭。

「雲星，歡迎你來，」楓星呼嚕叫道。「歡迎來到星族。」

雲星抬起頭來。「一切都好嗎？」他突然感到毛皮底下竄過一陣寒意，所以有此一問。「把我帶來這裡有什麼事嗎？」

這隻橘色的貓抽動耳朵。「一切都好。我們只是想見見你，讓你知道我們有多以你為榮。」

雲星拱起背發出呼嚕聲。「謝謝。領導族貓是我的榮幸。」

楓星用尾巴拂過他的腹側。「陪我散散步。」她提議道。

兩隻貓肩並肩在樹幹間漫步，從陽光下走進樹蔭，又從樹蔭下步入陽光。「打從貓兒在這裡建立家園起，天族就是森林的中心，也是戰士守則的中心。你知道我們是第一個劃定疆界的部族嗎？我們當年的首領清天有先見之明，知道我們這塊土地不僅食物豐饒、也有遮風蔽雨之處，所以必須好好保護，不讓覬覦我們獵物和安身處所的外族霸占。」

雲星喵喵叫：「我們依舊劃立邊界來追念他。天族沒有一隻貓會忘記我們欠他的恩情。」

這時小徑旁的一叢蕨類窸窣作響。一隻黑褐相間的公貓步出，向他們點了個頭。「楓星、雲星，你們好。」

雲星歪著腦袋。他身旁的楓星尾巴抽了一下。「雲星，這位是花楸星。」

雲星點頭示意。「我很榮幸見到你。」

花楸星撐大鼻孔，好像在氣雲星沒認出他。「我可是決定必須每天巡邏疆界、每天做記號的族長之一。清天雖然是第一個勾勒疆土輪廓的，但讓邊界堅若磐石的族長可是我呢。」

楓星咳了一聲。「花楸星，我記得這個議題之所以會在大集會上討論，也是因為你的巡邏隊被逮到在雷族領地出沒太多次了。」

這隻深色的公貓豎起毛髮。「如果雷族把邊界劃清楚點，我的貓就不會不小心走偏了嘛。」

「你們兩位都為天族帶來榮耀與力量，但對戰士守則做出最大貢獻的還是在下。」他們身後傳來一個低沉的嗓音。

三隻貓猛一轉頭，發現有隻黃眼珠的深褐色公貓站在小徑上。他厚重的毛皮下有一層柔軟的黑毛，所以看上去像被陰影框著。雲星豎起耳朵，「暗星！」他喵聲叫道。

暗星微微點頭。「雲星，你好。你應該沒忘記我賦予你的生命吧？相信你的直覺、明白你說的話就是守則？」

「我沒忘。」雲星向他保證。

褐色公貓注視另外兩隻貓。「楓星、花楸星，我們三個一塊兒在這座樹林碰頭還真是難得。雖然我們都榮登天族崇高的歷史殿堂，但多虧有我，五族的族長才能確定他們做的判決不容更改、他們說的話不容質疑。雲星，你必須基於部族的福祉而非自己的利益，睿智地運用這項權力。以我們當作學習的楷模，你的這條路將會清晰而平順。」

雲星鞠了個躬。「我很榮幸跟隨你們的腳步。」他低頭望著自己的腳掌。**我非得問他不**

可！「暗星，把那片森林讓給雷族之後，你有沒有後悔過？」

現場沉默片刻，花楸星一臉驚愕。

後來暗星輕聲細語地說：「無論我們心在何方，都有義務要使森林裡的五族延續血脈。我不能明明自個兒食物豐饒，卻眼睜睜地看著鄰族挨餓。」這隻褐色公貓繼續說，「雲星，你要抬頭挺胸。天族是最高尚的一支部族，有最牢不可破的邊界、最驍勇善戰的戰士，和技術最高超的獵手。不用畏懼兩腳獸，或牠們麾下的怪獸，或臣服於牠們的任何動物。天族將會千秋萬世！」

樹頂的浮雲似乎向下沉落，穿過枝葉，最後雲星感覺自己被一團迷霧包圍。他身旁的貓兒變得模糊不清、開始褪散，毛皮逐漸消逝，露出背景的葉簇和樹幹。接著，雲星感覺好像有與他呼吸同步的柔軟羽毛在搔他的鼻子，在清醒的同時，又聽見乾苔蘚沙沙作響。

「雲星？你醒了嗎？」一隻毛皮條紋如落葉季荊棘的嬌小母虎斑貓正俯視著他。她身上有股藥草味，鬍鬚上還黏著艾菊碎屑。

「鹿步？」雲星手忙腳亂地坐起身。「鳥飛還好嗎？出了什麼事嗎？」

巫醫往後退了一步，給雲星足夠的空間從窩裡出來。「鳥飛沒事，」她呼嚕叫道。「我想跟你說的是別的事。」

雲星甩甩毛皮，抖落一片沾黏的苔蘚，再帶頭走進林間空地。黎明晴朗寧靜，預示著瀰漫獵物氣息、樹枝穩固利於攀爬的暖陽天。「什麼事？」雲星一邊問，一邊轉頭面向鹿步。

她低著頭。「可以的話，我想到營地外聊。」

「哦，好。」雲星尾巴一抽，示意她先請。他們鑽進荊棘底下，從銀樺樹的林間空地出來，那些蜘蛛網色的樹葉在微風徐拂中呢喃。鹿步穿過灰色纖細樹幹間的長長草地，深入樹林。雲星則在她身後快步疾走。

「別走太遠，否則會撞見黎明巡邏隊，」他出言提醒。

鹿步在一棵樹墩旁止步坐下，把尾巴蜷在腳掌邊。「我看到了預兆。」

雲星馬上繃緊神經。「哪種預兆？」

鹿步一臉嚴肅。「我認為這些徵兆跟兩腳獸在我們邊界外圍做的事有關。天族受到蠻大的威脅，只是我們太掉以輕心了。」

雲星想起了他的夢，無論鹿步擔心的是什麼，他都自認有辦法讓她寬心；話雖如此，他還是想先聽聽看她要說什麼。「告訴我，妳看見了什麼。」

「昨天，在新鮮獵物堆裡，有隻斷頭的畫眉鳥。前天，我還找到一隻少了翅膀的麻雀，後來還看見一隻缺了尾巴的松鼠。」巫醫驚恐地尖聲敘述，一雙碧眼瞪得老大。

雲星聳聳肩。「一定是見習生狩獵的技巧太拙劣。等等我找他們談談。」

鹿步搖搖頭。「我找他們問過了。他們說獵物抓到的時候還是完整的。」

「所以妳覺得這代表什麼？」雲星進一步問她。他還是氣定神閒，畢竟三位德高望重的族長，在夢中保證天族將千秋萬世，這些話言猶在耳。

「我們的獵物正在縮減、正在變少，」鹿步用前掌在腐土上畫圈，然後劃了一刀，將它一分為二。「我們的捕獲量正在下降——老實說，從獵物堆到狩獵區域都是如此。」

「妳是說，這都要怪兩腳獸壞事？」

鹿步點點頭。「牠們的噪音跟臭味老遠地就把獵物給嚇跑了。我們也不知道兩腳獸究竟在搞什麼。萬一牠們逾越疆界，霸占我們的領地呢？誰都知道牠們從來不把氣味記號當一回事。」

雲星把尾尖搭在鹿步肩上。「不用擔心會發生這種事。相信我。昨夜我跟天族幾位前任族長在星族散步，他們保證災害不會降臨。妳向我報告這件事，我很感激；不過我相信這個徵兆只是在提醒我們，外出狩獵要更加當心。」

他轉身準備離開，鹿步也在他背後起身。就在他走遠的同時，她叫道：「雲星，我會持續關注。只怕有大事要發生了。」

雲星走進那圈樺樹，長草隨之蕩漾，鳥飛見狀便坐起身子。壓扁的草顯示她伸展四肢斜臥、享受日光浴的位置。雲星快步向前，用口鼻磨蹭她的肩膀。「今天寶寶還好嗎？」他低語道。

「很活潑又愛亂踢！」鳥飛氣喘吁吁地說。「有時散步會有幫助。要不要陪我走走？」

「沒問題，」雲星喵聲道。「不過別走太遠，我可不想背妳回來！」

「厚臉皮的狐狸！」鳥飛邊罵他，邊用尾巴往他身上揮。

他們步出樺樹林，穿過樹林走向河畔。隨著土地的坡度朝水面傾斜，矮樹叢也變得稀疏。鳥飛在一塊柔軟的草地上小憩，雲星也往她身邊一坐。河水湍急，太深難以涉水而過——不過天族的貓也不喜歡把腳掌弄溼。

「等我們的寶寶年紀大到可以離開營地，一定會喜歡來這裡玩的。」鳥飛一面說，一面環顧平坦的沙岸。

雲星用下巴往屹立河岸邊的岩石點了一下。「我還記得剛當上見習生的時候，第一次從那兒往下跳。還以為自己在飛呢。」

「後來撞到頭，哭哭啼啼地回到營地。」鳥飛插嘴道。她比他年長幾個月，他還是見習生時，她已當上戰士了。

「我也沒一朝頭撞包，十年不碰水啊，」雲星反駁道。「隔天我就回去了，而且一跳就落在那棵樹墩的彼端呢！」他把前掌搭在鳥飛隆起的腹側。「我會教我們的寶寶堅持，哪怕一開始失敗也不輕言放棄。他們一定會很勇敢。」

「跟你一樣。」鳥飛發出呼嚕聲。

「也會跟妳一樣聰明善良。」雲星把鼻子埋進她的軟毛裡呢喃。

「這個嘛，但願如此囉，」鳥飛打趣地說。她翻過來坐直身子，直視雲星的雙眸。「能懷你的寶寶，我很驕傲，」她輕聲說。「你是貓兒求之不得的好爸爸。」

「妳也是貓兒夢寐以求的好媽媽。」雲星闔上眼，深吸一口她的香氣，在此同時，他也感覺戰士祖靈在周圍出現，為他祈福，也永遠庇護著他、他的族貓、和他的子嗣。

第三章

雲星蹲低身子，把重心四平八穩地放在臀部，後爪則伸進柔軟的樹皮。然後他使勁一推、往上撲，伸出前爪抓上頭的樹枝。他的爪子先是滑了一下，接著抓牢主枝、支撐他的體重，讓他能把兩條後腿往上擺，進而攀上樹枝。

「哇！好樣的，雲星！」遙遠的底下傳來尖細的叫聲。

「你有沒有搞錯啊？『好樣的，雲星！』他是我們的族長欸，這你都不曉得哦？」另一隻貓訓斥道。

「雲星，抱歉！」第一隻貓呼喊。「我只是覺得你太強了！」

雲星一邊按捺自己的笑聲，一邊在樹上穩住陣腳，俯視底下的見習生。他超愛給部族的小貓開課，一來可以爬樹爬個過癮——有時爬得太快，像在林間**翱翔**——二來可以教小貓幾招他愛耍的技倆。雲星總是把導師派去巡邏覓食，自己跟見習生留在營地，這樣才能親眼目睹他們興奮的表情，那瞬間他們身處制高處的焦慮化為欣喜，欣喜於具備掌控獵物和敵手的優勢。

「好了，艾菊掌，」他對底下那隻奶油色的母貓喵喵叫，只見她用後腳站立，前掌搭在樹幹上。「既然妳觀察這麼入微，那就加入我好啦。」

「就是說嘛，也讓我們在底下耳根清靜點。」她的哥哥蝸掌嘀咕道。

「妳選哪條路，蝸掌跟薄荷掌就得跟著妳走。」雲星又補一句，艾菊掌聽了得意地朝同胎手足回眸一望。雲星暗忖：以後妳多得是機會學習控制情緒，現在不如好好利用高昂的興致，將它化為別隻貓可能欠缺的勇氣。

果不其然，蝸掌跟薄荷掌朝樹林移動的速度遲緩得多，脖子的毛髮蓬亂、兩眼瞪大、目光凝重。蝸掌僅在頭頂上方踩下第一個立足點，深褐色的毛和樹皮合而為一；薄荷掌的毛則在陰影中散發淺灰色光芒。這時雲星腳下的樹葉急顫，艾菊掌現身，緊抓樹幹，耳朵因用力而攤平。

「到那根樹枝去，」雲星用尾尖示意。「然後就可以跳到我這頭來。」

艾菊掌眨眨眼，然後伸出一隻前掌，搭在樹枝上。

「再亮出爪子，」雲星喵聲道。「這樣才抓得穩。」他自己倒是只靠光滑的肉墊在樹枝上行走。現在他常收起爪子爬樹，一來可以加速，二來也能證明自己的實力。**畢竟松鼠沒我們的利爪，照樣爬得遠、跳得高！**

艾菊掌鼓足勇氣、準備跳躍的同時，蝸掌跟薄荷掌正七手八腳的在樹幹上爬。「小心一點啦，」艾菊掌叫道。「不要晃我的樹枝！」

「假裝這是風吹的，」雲星提議。「你們得學會在各種氣候下爬樹，否則每次只要吹起微風，大家就都要挨餓了！」

艾菊掌咬緊牙關，四隻腳胡亂揮舞地躍向雲星。他往後退，一把抓住瘋狂扒找樹枝的小貓頸背。他把她拖到身邊，等她找回重心。

「哇！還蠻簡單的嘛！」艾菊掌喘著氣說。雲星把咬著她頸部毛髮的嘴鬆開，點了點頭。

這時，蝸掌跟薄荷掌也已爬到較矮的樹枝了。雲星指導他們一個一個跳，等他們跳到夠近的地方，再準備接住這兩隻小貓。蝸掌跳得太高，所以艾菊掌得抓緊他的尾巴，才不致於讓他直接溜過枝頭，投入空氣的懷抱。薄荷掌跳得乾淨俐落多了，不用雲星的幫忙，自己落地。這隻淺灰色的母貓樂得呼嚕叫。

「好，」雲星喵聲道。「來挑戰下棵樹吧。」

「可是我們才剛爬完這棵欸，」蝸掌提出抗議。「我不想又要爬下去。」

雲星動了動耳朵。「誰說又要爬下去啦？這樣敵方可會向我們突襲呢！現在我們要練的是枝頭躍進！」

蝸掌瞪凸了眼，但艾菊掌卻興奮地抓扒。「好耶！我一直想學呢！」

樹枝彈晃，蝸掌不禁高聲叫嚷。「艾菊掌，不要亂動啦！」他尖叫道。

雲星邁步向前，把小貓貼在他的肩頭。「蝸掌，你沒事的。艾菊掌，要記住妳離樹幹愈遠，樹枝對妳的體重就愈敏感。妳可以用跳的把敵貓彈開，但千萬別對族貓這麼做！」

等蝸掌找回重心，雲星便跳到下一根更高的樹枝。「我來示範怎麼跳到最近的一棵樹，你們在原位跟著我做。」他小心翼翼地走到樹枝盡頭，感覺三雙眼睛要把他灰白相間的毛給望穿了。這根樹枝比底下的要細，枝幹往下彎的同時，雲星一度覺得他的胃也跟著傾斜。不過後來樹枝穩住了，他深吸一口氣，目光鎖定在下一棵樹。

「找至少跟你們現在站著的一樣粗的樹枝，」他對見習生說。「要找上頭沒有太多細枝或葉子的，那些會擋路。最重要的是，實際一點。在樹上不會比平地跳得遠。跳的方式對了，感覺就像在飛；不過就我所知，貓可沒長翅膀！」

他徐徐吐氣，然後向前一躍，把前腿伸向離他最近的細枝。這一躍易如反掌──他不想才上第一堂課，就把見習生給嚇跑了──他四隻腳輕巧地落在新的棲木上。他轉過身子，朝對面樹上眼神焦慮、目不轉睛的小貓點點頭。「上吧！」

艾菊掌打頭陣。她聚精會神地皺起臉，皺到粉紅色的鼻頭都差點消失在奶油色的毛裡。接著她從樹上縱身躍起，短暫地懸在半空，再重重落在鄰近的樹枝上。雲星準備跳下去幫忙，但艾菊掌設法把爪子伸進樹皮，在樹上站穩腳。

「我辦到了！」她得意洋洋地嚎叫。

「幹得好！」雲星喵聲道。「蝸掌，該你跳了。注視你要降落的目的地，沒錯。盯著那裡看……然後**跳**！」

這隻深褐色的虎斑貓從枝頭躍起的樣子，彷彿雷族的貓全員出動在追他，害他拚命地抓扒艾菊掌站的樹枝盡頭。他一度只靠前腳懸在枝頭，後腿在空中擺盪；但他咕噥一聲、卯足全力，把後腳甩上來，手忙腳亂地爬上樹枝。

「帥耶！」雲星喊道。就連艾菊掌也欽佩不已。

最後輪到薄荷掌了。雲星密切地注意她；她個頭比同胎的手足嬌小，所以其他貓的一小步，是她的一大步。薄荷掌盯著樹枝盡頭，都快變成鬥雞眼了，隨後發出細微尖叫，撲向空中。艾菊掌跟蝸掌拖著腳步閃開，讓她在他們身旁著陸，四腳齊落，近乎完美。

「哇！太強了！」艾菊掌喵聲道。薄荷掌也喜不自禁。

雲星跳下他們的樹枝。「準備來點好玩的嗎？」他向小貓發出戰帖。「看我怎麼走的，給彼此時間著陸，如果覺得哪一段跳不來，直接跟我說，不要覺得丟臉，我們可以回到地面上。這不是比賽，也不是測驗。」

三隻小貓全都對他點點頭。雲星扭動身子，繞到樹幹彼端，凝視樹林，看接下來往哪兒走好。附近有一棵松樹，不過見習生還沒辦法對付那些棘手的針葉，所以雲星把目標鎖定一株樹枝繁茂但間距適宜的小橡木。他檢查一下，看大家都跟上了，再撲向空中。**我真為他族感到惋惜。誰想要老是被困在地面，從未嚐過疾風削過毛髮的滋味，或見過森林向周圍延展的面貌？**

三隻貓兒一隻接著一隻有樣學樣，這回在他身旁著陸，看起來倒是自信多了。「橡樹皮特別適合爪子攀爬，」雲星一邊沿著樹枝疾行，一邊向他們解釋。「比方說，它們的樹紋比樺樹深，樺樹爬起來像在溜冰，尤其是雨天的時候。」

他欣喜地連著幾次凌空躍步，帶領見習生環繞松樹林，接近兩腳獸翻土的邊界。空氣中瀰漫著黃色怪獸發出的噪音跟震顫，其中一隻從底下陰森逼近，用牠細長的怪手翻攪土壤，把薄荷掌嚇得驚聲尖叫。

「回裡面貼著樹幹走！」雲星指示道。雖然黃色怪獸沒有獵捕貓兒的跡象，但他不願冒險。幾隻貓兒躲在一棵無花果樹上，寬闊的綠葉讓他們能遮掩行蹤。雲星等見習生貼緊樹幹，便臉朝外，用身子將他們包圍。一直等到黃色怪獸離開，才把貓兒領到另一棵樹。

不知為何，怪獸的怒號更勝以往，他們所在的樹開始搖晃。「怎麼了？」蝸掌喊道。

「一定是怪獸卡住了，」雲星喵聲道，試圖從樹葉中向下凝望。他看到黃色形體在正下方，利爪翻攪土地，並往上拋擲爛泥和樹葉。雲星傾身窺視的同時，樹身開始劇烈震動，他爪子沒抓牢，從樹枝倒栽蔥地往下落。這時他臀部一陣劇痛，因為三位實習生全緊咬他的毛皮，把他給拽上來。

「雲星！」薄荷掌倒抽一口氣說。「你差點要掉下去了！」

樹身晃了起來，抖得太厲害，連樹葉也從他們身旁掉落。「我們得逃離這裡！」雲星氣喘吁吁地說。「跟我來！」

他開始沿著樹枝走，一次只移動一隻腳，另外三隻腳爪伸進樹皮。離他們最近的是一株冷杉；看來見習生得比雲星期盼的，更早學會應付危險的多刺針葉了。樹枝從一半到末梢都已傾斜。他身旁的見習生驚叫連連。雲星低頭望，只見陸地正向他逼近。樹**倒**了！

「抓緊樹幹！」他吼道，身子到處亂滑，最後一個箭步衝回同伴身邊。小貓前腳緊抓樹幹，不停抽噎。雲星將樹枝抓牢，努力用身體把見習生固定在原位。樹木彷彿試圖抵抗，先在半空盤桓片刻，但還是猛地往下倒，把枝幹壓得稀巴爛。雲星所在的樹枝撞上地面、彎曲凹折，震耳欲聾地將他埋在枝葉中。雲星感覺他的爪子從樹皮中拔出，周遭的世界頓時昏天暗地。

「雲星？你在嗎？」他臀部附近一團糾結的樹葉，傳來顫抖的貓叫，將他喚醒。雲星掙扎著坐起身子，吐出嘴裡的污泥渣。他脊椎刺痛，一隻腳掌怪怪麻麻的，所幸腿都還能動，甩甩腦袋後，視線也變得清晰。

他七手八腳地爬出殘骸，到落葉堆上。「艾菊掌？蝸掌？薄荷掌？」

他開始往下挖，起初小心謹慎，但愈挖愈狂暴。他可以聽見黃色怪獸在附近怒號，彷彿想把倒下的樹碾成碎片。**我們得離開這兒！**想到這裡，他的腳掌碰到什麼硬硬毛毛的東西，艾菊掌冒出頭來。

「雲星！樹倒了！」她尖叫道。

「對，」他嚴肅地說，然後一口咬住艾菊掌的頸背，把她拖出來。蝸掌在她底下，透不過氣，但起碼意識清醒，還在蠕動身子。雲星救他出來，叮囑他歇口氣，先躺著別動。

艾菊掌俯視那團糾結的殘枝。「薄荷掌呢？」她哀號道。

雲星把艾菊掌推開，凝視陰暗處。幾根斷裂的細枝下剛好可見一簇白毛。雲星往下一跳，輕手輕腳地把細枝移開。薄荷掌閉著雙眼，一動也不動地躺著，但脅腹穩定起伏，雲星碰她的時候，她也喃喃自語。**她還活著！**

他把她扛在肩上，爬上去跟其他貓兒會合。「她是不是死了？」蝸掌嚎啕哭喊，驚恐地盯著妹妹。

「沒有，可是我們得盡快把她送去給鹿步，」雲星喵聲道。「你們兩個還能跑嗎？」見習生們勇敢地點點頭。雲星先把肩上的薄荷掌移正，再從斷枝殘葉中尋找出路。他一邊走，一邊聽見蝸掌跟艾菊掌在身後彼此攙扶。

他們快要抵達被蹂躪的樹邊，卻聽到恐怖的咯吱聲，雲星腳掌下的土地晃得厲害，連薄荷掌都給滑到地上。

「小心！」艾菊掌尖叫道。

雲星抬頭一看，只見冷杉正往他這頭倒。他一度被嚇得動彈不得，想像被壓在長滿松針的樹枝底下是什麼滋味，然後回過神往後一躍，把薄荷掌軟弱無力的身體拖走，而冷杉砰然倒地，樹尖只離他的口鼻一條尾巴的距離。倒落的樹後方，可見黃色怪獸耀武揚威地嘶吼。一隻兩腳獸跨坐在上頭，把牠無毛的粉紅手掌高舉半空，對牠站在樹林間的同伴比手勢。

「星族，救救我們！」蝸掌低語。「兩腳獸要摧毀森林了！」

第四章

雲星強忍脊椎的隱隱抽痛，步履蹣跚地走進林間空地，讓薄荷掌滑到地上。艾菊掌跟蝸掌倒在她身旁，他們的毛髮滿是殘骸碎屑，圓睜的雙眼寫滿驚恐。

「看在星族的份上，到底發生什麼事了？」鼠齒驚呼道，連忙跑到蝸掌身邊，不可置信地聞她見習生的毛皮。

「森林要被摧毀了！」蝸掌嗚咽著說。「有隻怪獸把我們待的樹擊倒了！」

「唉呀我的鬍鬚啊，這可是會出貓命的！」鼠齒嚷道。「鹿步，快來啊！」

巫醫快步從窩裡走出來，聞到恐懼和斷枝的氣息，不禁撐大鼻孔。她奔向薄荷掌，輕輕地把這位見習生翻成側躺。「薄荷掌，妳聽得見嗎？」

此刻林間空地已擠滿圍觀的貓，他們無不瞪大雙眼，交頭接耳地竊竊私語。

蕨皮衝出戰士窩，驚懼地望著躺在地上的

貓。「我的孩子啊！你把他們怎麼了？」她瞪著雲星，眼神流露責難。

他甩掉身上的一根小樹枝，面對他的族貓。「兩腳獸跟牠們麾下的怪獸侵犯我們的土地，」他向部族報告，感覺每說一個字，心都跟著絞痛。**我必須堅強以對。這個節骨眼上，我的部族迫切地需要我。我不能讓他們看穿我有多害怕。**「我跟見習生原本在樹上，沒想到黃色怪獸竟然把樹推倒。」

蕨皮發出一聲微弱的尖叫。這時荊棘劈啪作響，鳩尾現身了，後頭還跟著他的狩獵隊。他們拖著一隻小松鼠，但收穫僅此而已。鳩尾看了一眼癱在地上的貓，立刻跑向他的伴侶。「蕨皮，這是怎麼回事？」

「他們爬到樹上！」她啜泣地說，「差點沒命了！」

鳩尾望向雲星。雲星點點頭。「我當時跟他們在一起，肯定是星族保祐，救了我們。」

副族長轉身跟著蕨皮走向受傷的貓，卻又暫時止步。「邊界失守了，是不是？」他輕聲詢問雲星。

「是。等太陽下山，我會帶一組巡邏隊去評估損失。你要一塊兒來嗎？」

鳩尾動了一下耳朵。「當然。」他走到蕨皮身邊的同時，鶴鶉心從蕨皮的窩銜了一嘴藥草和他擦肩而過。

「我帶了紫草、金盞花和罌粟籽。」他將這捆藥草擱到鹿步腳邊，對她說。

巫醫的目光從薄荷掌一動也不動的身體移開，抬起頭來。「我沒發現骨折和傷口。她大概只是驚嚇過度。找幫手一起把她抬到我的窩裡，陪她坐會兒；我先幫另外兩隻療傷。」

「我來背她。」鳩尾喵聲道。他蹲下來，鵪鶉心把這隻小灰貓抬到他肩上。然後副族長站直身子，身後跟著鵪鶉心，慢慢走進巫醫窩。

「艾菊掌在流血！」正在檢查女兒奶油色毛皮的蕨皮哀號道。

「好，我有蜘蛛網跟金盞花可以止血，」鹿步冷靜地喵聲道。「蝸掌，你的傷勢怎樣？」

這位見習生嗅了嗅自己的毛皮。「感覺好像整棵樹都壓在我身上，」他發起牢騷。「可是我沒看見血欸。」

鹿步混了金盞花跟紫草，塗在艾菊掌後腿的傷口上。「四隻腳都能動嗎？會不會痲？」鹿步對另一頭的蝸掌呼喊。

見習生輪流伸展每一條腿，每伸一次，臉部就微微抽搐，後來他搖搖頭。

「那就好，」鹿步喵聲道。「吃半顆罌粟籽，多休息。罌粟籽能助眠，但是要做好心理準備，這些瘀青到了明天會更痛。」

「那你呢？」有誰在雲星的耳畔輕聲問道。「有沒有受傷？」

他轉頭直視鳥飛擔憂的碧眼。「我全身上下都在痛，」他說實話。「不過，藥草就免了。」

鳥飛眨眨眼。「蕨皮說得對。你們可能會沒命的。」

「森林裡有危險在所難免。」雲星說。

「但也不是這種危險！在我們的領地上！」鳥飛凝望著他。「情況是不是很糟？」

「是，」雲星坦承。「很糟。」

「我們該不該準備搬家？」夜毛邊問邊踱步而來，見習生橡實掌也跟在他身旁。

「搬到哪兒？」鼠齒問道。「兩腳獸巢穴？還是河的彼岸？河族可能會有意見。」

「我們哪裡也不去，」雲星沉重地吸一口氣，提高音量宣布。他周圍的族貓靜了下來，盯著他瞧。「我們在這裡安全得很。明天，我們會評估兩腳獸入侵的範圍有多深入，再設立新的邊界氣味記號。這裡，是我們的家園。」

「問題是，我們不曉得兩腳獸還會侵犯得多深！」榛翅脫口而出。「我的孩子還小，要是再有樹倒下，肯定活不成！」

「不，沒這種事，」小孵嘴巴很硬。「要是兩腳獸敢靠近我們，我就把牠們趕跑！吼！」

「我們絕對打不過黃色怪獸的，」雨躍插嘴道。「天族要滅亡啦！」

「不許說這種話！」雲星咆哮道。「身為族長，只要我還有一口氣，就不會讓你們出事。我保證兩腳獸不敢動我們任何一根毛、碰家園裡任何一根樹枝。星族一直眷顧著我們——否則我們今天又是怎麼逃過倒樹之災的？祂們知道這裡是我們的家園，自然會守護這裡。」

「你確定？」鼬毛喵聲道。他站在艾菊掌身邊，固定他的見習生，等她傷口溼敷的藥乾掉。「你看見祂們跟兩腳獸和牠們的黃色怪獸奮戰了嗎？樹倒下來的時候，祂們把你們接住了嗎？」

「你明知道星族不是用這種方式顯靈的，」雲星答道；他按捺火氣，免得毛髮直豎。「我們要有信念。」

「也要信賴雲星，」林間空地邊緣，有個虛弱的嗓音怒氣沖沖地說。一隻有深綠色雙眸的玫瑰奶油色母貓，震顫不穩地站在長老窩門口。「到目前為止，他都領導有方，我們應該要俯首聽命。」

「瓣落，多謝妳，」雲星喵地點了個頭。「妳該休息一下。待會兒見習生會送吃的給妳。」

這隻長老貓轉身步回窩裡。「啊，別麻煩小貓伺候我了，」她咕噥道。「叫他們先餵族裡其他貓吧。像我這種牙齒都掉光的老獾，不配吃新鮮獵物堆的精華。」

雲星邁開三步，橫越林間空地，貼在瓣落身旁站著。「別再讓我聽到妳講這種瘋話了！」他低聲斥責。「妳跟其他貓一樣，對部族赤膽忠心——應該說，比多數貓貢獻更多。」

要不是妳染上癲癇，現在登上族長寶座的非妳莫屬。這點妳跟我一樣清楚。

在前任族長飛星失去第九條命前，他的副族長瓣落就因為多次危急的痙攣而被迫退休，病症是失去意識，過了一會兒又宛若被風拋擲的葉片般在地上顫抖。鹿步似乎靠少量的罌粟籽控制住她的病情，不過這隻母貓的身體已大不如前，現在幾乎足不出戶。

「瓣落，妳又不肯進食啦？」長老窩裡有貓在呼喚。是歐椋羽。先是一陣窸窣聲，接著有隻深褐色的公貓從樹枝中探出腦袋。「邊界發生的事我聽說了，」他對雲星喵聲道，接著轉身面向瓣落。「聽起來雲星的食物夠分，不用妳小題大作地禁食，」他嗤之以鼻地說。「還不快點進來，別讓他分心了。」老公貓的語氣雖然無禮，但雲星發現他用尾巴輕輕搭著瓣落的背，領她走回窩裡。

林間空地的貓兒漸漸散去，鳥飛幫榛翅圍住激動過頭的小貓，將他們趕回育兒室。只剩下雲星跟鳩尾。樹下陰影堆聚，樹頂上方紫色的天空開始顯露爪子穿刺般的點點星光。

「什麼時候要開始巡邏邊界？」鳩尾問道。

雲星歪著腦袋，聆聽片刻。林間此刻萬籟俱寂，腳底的土地也靜默不動。兩腳獸跟黃色怪獸已停止手邊的工作。「不如馬上組一支巡邏隊，」雲星提議。「愈早回來，愈有時間休息，迎接明天的太陽。」

⸻

在樹葉輕柔的窸窣聲和孤梟偶爾的鳴叫下，雲星率領戰士們沿著他們熟悉的一條狩獵小徑行走。他腳掌踏著堅實的土地，步步迴響，呼出的氣息也在口鼻部縈繞。**喔，我珍愛的家園啊。我為妳所受的傷而哀悼。我發誓，在我歸向星族祖靈之前，絕對不會棄妳而去。**

身後朦朧的一聲詛咒，把雲星拉回現實。

「偉大的星族，**那**是什麼啊？」鼬鬚愕然止步，呆望著擋住他們去路的碎枝和迅速枯萎的樹葉。

「你們先前是待在這棵樹上嗎？」鼠齒喘著氣說。

雲星注視樹葉。發覺這是橡樹，不是無花果樹。「不是，」他喵聲道。「我們那顆離邊界較近。」

「那就表示牠們侵犯得比你想像的還要深入，」鳩尾喵聲道。「我們該怎麼跟族貓說營地是安全的？」他上揚的語調依稀帶了點恐慌。

雲星把爪子插進潮溼的泥土。「兩腳獸沒理由要摧毀我們的森林啊！我們已在這裡不受驚擾地住了無數個月。星族沒警告我這裡會發生什麼變化，所以我們別無選擇，只有重新設立邊界的氣味記號，跟以前一樣過活。」為了表明立場，他走向倒落的樹枝，桀驁不馴地在枯萎的葉子上留下氣味記號。

「你以為兩腳獸會把它當一回事嗎？」颮鬚喃喃自語。在半明半暗中，他的薑褐色毛皮看起來灰撲撲的。

「不然還能怎樣？」雲星反駁道，試著讓自己的嗓音聽起來強而有力，而非渺茫無望。「戰士守則要我們每天在邊界勤做記號。從現在開始，這裡就是我們的邊界。」

「如果兩腳獸放著倒落的樹不管，我們還是可以在原訂邊界裡狩獵啊。」鼠齒插嘴道。

「獵什麼？這種美味的一口小點心嗎？」颮毛一邊問，一邊把扁掉的、皺縮的一條小蟲彈到族貓那頭。他們周圍的小徑上也散落著好幾隻。「就連他們也有腦袋，知道要逃。」

「**這裡是我們的家園，**」雲星咬緊牙關，堅持立場。「天族會一如以往，透過高超的狩獵技巧和適應領地變更的勇氣，千秋萬世。」他昂首輪流注視麾下的戰士。「其他異議，都將被視為直接挑戰我的領導力和戰士守則。」

貓兒一隻接著一隻點頭。

「堅強以對，」雲星勉勵他們。「要相信我們的祖靈，和祂們為我們揀選的家園。我們比兩腳獸和牠們的怪獸更有權住在這裡。」

鳩尾別過目光，雲星聽見他犯嘀咕：「兩腳獸又不會遵照我們的守則。」

「回營地休息吧，」雲星下令。「今晚我會待在這裡守夜。從現在起，每晚都要派戰士在邊界站哨。要時時刻刻捍衛我們的領地。」

在目送戰士魚貫走進樹林的同時，雲星感覺胸口深處一陣劇痛，但這和從樹上跌落地面無關。

他默禱著：**我珍愛的族貓啊，願星族與你們同行。也願祖靈在我無力的時候庇佑你們平安。**

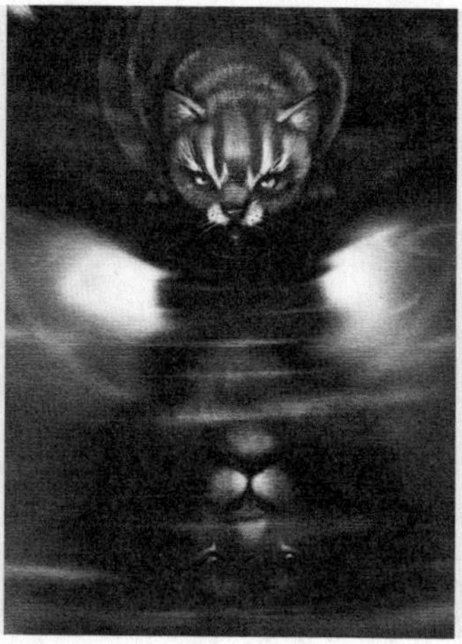

第五章

一聲恐怖的哐啷巨響，使雲星猛一驚醒。他蜷縮在一棵上半部遭截的樹幹上，周圍是隨著斷枝凋零卻仍無力懸蕩的葉片。他驟然躍起，抬頭望穿臨時小窩的頂部。在刺眼的拂曉晨光下，天族之前的邊界遺跡看起來備受蹂躪，慘不忍睹。

斷枝殘幹倒臥各處，褐色土壤如開放性的傷口在它們周圍翻攪。

雲星眼神瘋狂地望向依舊在他身後矗立的那排樹。兩腳獸是不是要摧毀更多領地？

不過，那些樹雖然枝幹隨著噪音震顫，卻仍然聳立如昔。雲星回望那片殘破的景象，看見其中一棵砍落的樹不停顫抖，彷彿想要爬回森林。牠猛然一抽，開始在地上滑動，樹皮刮擦、樹枝折斷的聲響嘈雜。

雲星發現它被接在一隻黃色怪獸的長長銀色卷鬚上拖著走，怪獸的爪子在爛泥地亂扒，像是想要抓牢滑不溜丟的腐葉護根。慢慢地、慢慢地，這棵樹被拖離它遇襲的同伴，最後消失在一座巨大土墩後方。這時傳來兩腳獸一陣吆喝，另一隻黃色怪獸向前爬行，身後拖著的銀色卷鬚緊緊圈著另一棵樹的樹幹。

但不知怎麼著，這一幕似乎沒有最初樹林被摧殘那般驚心動魄。**兩腳獸今天放過矗立的那些樹。也許已經砍夠了吧。**雲星往下一躍，在依舊直立的樹幹邊設下新鮮的邊界記號，然後跑回樹林。

他返回營地時巧遇鹿步。她看起來像是一個月沒睡覺；毛髮豎直，上頭散落碎泥，雙眼也瞪大凸起。「牠們是不是毀了更多樹？」

「今天沒有，」他答覆道。「兩腳獸好像在搬昨天推倒的那些樹。」

鹿步瞇起眼。「搬樹？搬到哪裡？幹麼要搬？」

雲星往窩那頭走，巴不得洗去身上的塵土。「我哪曉得啊？」他不留情面地回覆。「兩腳獸侵犯邊界已經夠糟了。牠們腦袋在想什麼，我沒興趣知道！」他鑽進窩裡，往臥舖倒下一躺。

鹿步跟著他入內，在幽靜蔭涼的空間邊緣駐足。「抱歉，」她喵聲道。「我知道我們永遠都無法了解兩腳獸在想什麼。可是，如果能搞懂牠們在幹什麼，或許就能知道我們身陷多大的危險。」

雲星望著她。「妳又看見什麼預兆了嗎？」他開始勉為其難地承認，那些斷了頭、缺了翅膀的獵物，真的預示了現在正發生的悲劇。

鹿步眨眨眼。「沒新的預兆，但我夢裡盡是黑暗，盡是倒落的樹和小貓的尖叫。」她陳述時打了個寒顫，雲星不由得同情這位直覺精準的溫和巫醫。

「我想，這樣的夢，大家會做上好一陣子，」他呢喃道。「我先休息一下，叫鳩尾組一支巡邏隊。跟他說，我們要一如往常地狩獵。」他把鼻子塞到尾巴底下，閉上雙眼，聽鹿步輕聲步離小窩。

雲星才稍微打起盹，蟻皮就用腳掌戳他、把他叫醒。「雲星，不好意思打擾了，」他喵聲道。「鳩尾要我帶一支隊伍到邊界巡邏，可是有三位見習生無法出勤，所以需要你來湊數。」

雲星僵硬地起床，輪流伸展每條腿。「好吧，我們走。」

他讓鼬毛帶隊，自己則走在鶺鴒心跟雨躍身旁，大夥兒前往位於營地和與雷族邊界相鄰的濃密森林。黃色怪獸在遠方隆隆作響；走在少了腐葉護根的地上，雲星可以感到腳底的土地在震顫。**牠們把樹搬到哪兒去？又為什麼要搬？**貓群已習慣兩腳獸砍伐冷杉，可是這不包括在嚴寒時節會落葉的樹啊。

鼬毛指揮雨躍更新他們第一個抵達的邊界記號，那是個爬滿荊棘的樹墩。下一個則是棵盤根錯結的榛樹，鼬毛對雲星點頭示意，把任務交託給他。雲星踱步向前，享受戰士而非族長的角色。就在他準備歸隊的當下，蕨叢裡的一陣嘶聲令他止步。

「雲星，又來邊界巡邏啦？」蕨叢窸窣作響，從裡面步出一隻深薑黃色的公貓。「籽毛跟我說最近在這裡看過你。天族是不是戰士短缺啊？」

雲星強忍怒氣，免得豎起毛髮。「族長沒道理不跟戰士一同巡邏，」他咆哮道。「我說紅星啊，你在這裡的目標不也一樣嗎？」

雷族族長像是厭倦這個話題似地輕彈一下尾巴，朝雲星走來，距離近到快要跟他鼻碰鼻了。「你們領地傳來的那些噪音是怎麼回事？」他湊近一問，凝視雲星的雙眸。「天族遇上麻煩了嗎？」他的黃眼貪婪地閃爍微光。

雲星聽見身後的鵪鶉心在怒吼。「沒，沒這種事，」雲星答道。「只有幾隻兩腳獸在遙遠邊界的彼端玩牠們的怪獸。我的族貓不會因為兩腳獸一有什麼小動作就大驚小怪。紅星，噪音是不是把你的戰士搞得很緊張啊？」

雷族族長噘起嘴唇。

把紅星惹毛，雲星倒還挺樂的。

「什麼事都嚇不倒雷族的戰士！」紅星咆哮著說。

雲星轉身離去。「他們有腦袋的話，應該更小心天族的戰士！」他回頭喊道。他的族貓在他身後排成一列，跟著他昂首闊步地離開那棵榛樹，徒留紅星瞪著他們離去的背影。

一離開雷族貓的視線範圍，雲星就退離小徑，讓鼬毛再次領隊。這隻橘白相間的公貓愁容滿面。「你不覺得應該跟紅星實話實說嗎？」他喵聲道。「說我們的邊界遭破壞、土地被侵犯？」

雲星盯著他瞧。「蛾跑進你腦袋啦？我幹麼要讓雷族知道族裡發生壞事？」

鼬毛一隻腳在地上刮呀刮的。「因為，要是兩腳獸再破壞更多林地，我們可能會需要雷族的協助。」

「雷族的戰士又趕不跑兩腳獸跟牠們的怪獸！」雨躍口氣很嗆地說。「我寧死也不要向他們救助！」

雲星動了一下耳朵。「雨躍，這樣有點太偏激了。不過你說得對：天族的這場仗，我們自己打。」

「那原本屬於我們的領地呢？」鼬毛堅持己見，下巴往天族氣味記號後方那片稠密的樹林一點。「要是我們喪失更多偏遠獵場的土地，就該向雷族要回那塊領地。」

雲星毛髮倒豎。「沒那塊地，天族也活得下去。我絕不會低聲下氣，求紅星幫忙解圍；再說，我們也不能撤銷暗星讓出領地的承諾。這形同挑戰我們的祖靈、挑戰戰士守則。」他輪流凝視每位戰士，但一見到他們焦慮的眼神和蓬亂的毛髮，他臉部肌肉就開始抽搐。**為了他們，我必須堅強。**「沒有雷族幫忙，天族也能挺過去。我們身強體壯、技藝高超，也是森林五族裡最光明磊落的。戰士們，相信我。兩腳獸毀不了我們的家園。」

他們返回營地時，日正當中，豔陽照耀樹林。雲星直奔營地邊緣、長老窩正後方的小溪，暢飲幾口溪水。他感覺毛皮又癢又髒，四隻腳也很疼痛，但再怎麼樣都還是把邊界記號再檢查一遍。他信不過紅星。

雲星開始擔心自己太掉以輕心，為了跟最近的鄰居和睦相處，讓雷族戰士隨意越過邊界幾步。現在，他想要築起更戒備森嚴的邊界，更頻繁地出動巡邏隊，更新記號的次數也由一天兩次改為三次。

雲星走回林間空地，途中肚子餓得咕嚕叫。他快步走向新鮮獵物堆，卻愕然驚叫止步。在接骨木花樹下，只有一隻看起來肉很老的歐椋鳥跟一隻田鼠的骨骸。「狩獵隊還沒回來嗎？」

他對著在林間空地中央樹墩上作日光浴的鼬鬚問道。

鼬鬚抬起頭，從樹墩邊上往外望。「回來又出去了。」他回報。

「他們只獵到這些？」雲星驚呼道。

鼬鬚點點頭。「他們說樹被砍的那一區空無獵物，至於領地其他區域，獵物也被噪音嚇跑了。」

雲星暗自詛咒。「那我自己去好了。」他對鼬鬚說。或許單槍匹馬比較容易抓到緊張的獵物。他不顧腹痛，轉身離開新鮮獵物堆，重返樹林。林間黃色怪獸的噪音不絕於耳，淹沒了樹葉的窸窣聲、枝幹的咯吱作響以及可能值得大開殺戒的任何松鼠鳴或鳥叫。雲星心頭一怔，感覺肚裡像有小蟲在蠕動。

總有什麼是我們能吃的吧！他突然感到不耐，不願再被困在地面，躍上最近的樹幹，再撲向枝頭。

即使到了樹上，還是只能聽見怪獸怒嚎，但至少樹葉在他耳畔低語，微風吹起他的毛皮。雲星把耳朵貼著樹皮，聆聽最細微的刮擦聲。

松鼠！

他抬起頭，稍待片刻，張嘴讓森林的氣味湧入。他的獵物在樹上更高的位置、在最細小的樹頂上。天族戰士會盡量避免在樹頂狩獵，因為危險性較高，樹枝也少得多，難以承載他們的體重，但雲星餓到豁出去了。

他伸出利爪往上爬，把背後的尾巴伸直、保持平衡。上面傳來急迫的抓扒聲，原來是松鼠發現雲星攻上來了；不過雲星爆發力十足地加速，前掌啪嗒一按，不給這隻毛茸茸的小動物任何逃跑的機會。

後來，他大失所望地端詳捕獲的獵物。因為牠只是隻乳臭未乾的幼獸，連長老都無法餵飽，充其量也只是給戰士塞牙縫。但至少起了個頭。雲星低頭，目光望穿葉片，小心翼翼地把松鼠從樹枝間往下扔，再跑去樹下用泥土跟細枝將牠埋好，等稍晚來取。

他不停狩獵，直到薄暮斜陽滲入樹林，第一顆晚星出現在迷濛的天空。他筋疲力竭、毛髮蓬亂污穢，脊椎的僵硬已嚴重到如烈焰灼燒。可是，四處奔波最後只為松鼠找了隻畫眉鳥當亡命同伴，雖然肥美，卻頂多只夠讓兩隻貓飽足。雲星從土中掘出松鼠，再拖著新鮮獵物回營地。

鳥飛在荊棘遙遠的彼端等他。「你去哪了?鼬鬚說你自己跑去打獵了！」

雲星點點頭。「我先把這些扔進新鮮獵物堆，我們一起用餐。」

「我吃過了，」鳥飛喵聲道。「對不起，應該留點吃的給你。」雲星正準備要反對，目光卻落在接骨木花樹下的堆積物。如今那裡徒留食物殘渣，看上去可能是他稍早見到的那隻田鼠。他猛一回頭，面向鳥飛。「大家都吃了嗎？」

他激動的語氣令她畏縮。「大概吧，」她喵聲道。「瓣落把她的分給榛翅和小貓吃。說什麼她不餓。」

雲星噘起嘴。「她以前也這麼說。」

鳥飛瞪大雙眼。「你是說，她故意把她的份讓給其他貓吃？」

雲星點點頭。「不過如果食物不夠分，我們就都得節食一陣子。等獵物回來。鳩尾！」他呼喚正在戰士窩外跟蕨皮嚼舌根的副族長。「從今天起，我們一天只吃一餐，在黃昏的時候進食。獵物不夠我們一天吃兩餐。」

鳩尾面露驚恐。「那就要餓死了！」

「不會，沒這種事，」雲星厲聲反駁，壓抑胸膛浮現的驚慌。「禿葉季一天一餐，我們不也撐過來了。這次又有何不同？」

「因為我們得趁天暖時多吃一點，才足以應付禿葉季啊！」鳩尾點出關鍵。「一直挨餓就沒力氣打獵了。」

「那就想別的辦法打獵！」雲星咬緊牙關說。他轉身，昂首闊步地走回窩裡。**他們靠我指點迷津，問題是我哪有本領從空蕩蕩的森林變出獵物？**

他身後傳來輕柔的腳步聲，鳥飛跟著他走進窩裡。「雲星，我很擔心你。」

「這個嘛，我擔心的是每隻族貓。」雲星一邊咕噥，一邊在床上繞圈把苔蘚壓平。

「這是你身為族長的職責，」鳥飛喵聲道。「我只要擔心你——跟之後出生的寶寶就好。雲星，他們可不能沒有父親！要是你在他們出生前就過勞而亡，我就得獨自撫養他們長大了！拜託你，就算不為別的，看在寶寶的份上，好好照顧自己。」

雲星走向前，把口鼻靠在鳥飛的肩上。「對不起，我保證會好好照顧自己還有族貓。等怪獸離開、獵物歸來，一切情況都會好轉的。」

鳥飛依偎著他。雲星拖著腳移到床鋪邊，留位子給她隆起的肚子。「你真的相信天族挺得過這次浩劫嗎？」鳥飛一邊呢喃，一邊在他身旁躺下。

「當然囉，」雲星呼嚕叫道。「如果星族不確定我有能力拯救族貓，就不會推舉我為族長。寶貝，先睡會兒吧。寶寶需要我們堅強下去。」

第六章

雲星站在灑落著銀色月光的高聳岩上，俯視底下的貓群。無數雙眼睛微光閃爍地仰望著他，耳朵豎起，唯一的聲響是四棵巨橡樹的呢喃低語。

五族在這裡集會多久了？雲星不禁納悶。**又還會聚多久？直到兩腳獸把這裡的樹也砍掉嗎？**

岩石底部有貓輕咳一聲，雲星看見鳩尾殷殷期盼地望著他。雲星跟見習生受困在倒落的樹中，至今已過了三天，兩腳獸沒有進一步入侵天族領地，反而把砍伐的樹清光，開始在空地設置一排排或尖或方的灰色大石塊。

牠們還是製造太多噪音，獵物也依舊沒有歸來——新鮮獵物銳減的天族，貓兒個個又飢又瘦——不過雲星仍然懷抱希望，相信最糟的時刻已經過去了。

他原本打算不要在大集會這個場合提到兩腳獸，讓其他部族以為天族一切無恙。可是鳩尾堅持他得承認有事發生。他們知道黃色怪獸的噪音已傳到雷族，而河族也不可能什麼都沒聽見。鳩尾認為，最好把兩腳獸的行徑開誠布公地講個明白，而不是任流言蜚語在各族間恣意散布。

綠葉季的影響在林間展露無遺，樹上長滿光滑的綠葉，獵物也無不肥美。各族的報告盡是滿溢的新鮮獵物、剛誕生的健康寶寶、跟前輩一樣強健敏捷的新手戰士。

雲星免不了想像接骨木花樹下貧乏的食物、骨瘦如柴的長老，以及榛翅的寶寶餓到肚子痛時的哭嚎。

他把爪子在銀色岩石上磨了幾下，抬起頭來。「各族的貓，我很榮幸代表天族發言。榛翅的寶寶持續長大，光是陪他們玩，我們就累得不得了！」底下傳來歡樂的呼嚕聲，多半是母貓跟長老發出的。「期待在三個月後，等他們升上見習生，再帶來給各位認識。我族戰士以卓越的狩獵技巧為族貓覓食，一如各位，我們也為綠葉季帶給森林的豐富新鮮獵物心懷感激。」他頓了一下，喘口氣。

保持冷靜！別讓他們看出你對局勢的發展有一絲一毫的擔憂。

「我相信，在座的有些，聽過兩腳獸跟牠們的怪獸，在我族邊界外吵鬧。」岩石下的貓，有的點頭、有的竊竊私語；雲星感覺一旁的紅星身子變得僵直。「你們也懂的，兩腳獸嘛，總是想搞破壞！」雲星試著輕描淡寫，喉嚨卻也隱隱作痛。「牠們砍掉我們邊境的幾棵樹，不過我們領地上的樹多得是。兩腳獸很快就會失去興趣，把怪獸帶到別的地方了。」他瞇起眼，試圖和別族戰士四目相交，而且愈多愈好。

「我們天族不樂見你們浪費時間散布發生在我族領地上的謠傳跟謊言。」雲星在口吻中加了點銳氣，不過一見鳩尾神色驚慌，又稍微緩和了語氣。**我可不想欲蓋彌彰啊**。「等到下次大集會，我希望能和大家分享更好的消息。感謝鳥飛，我要有自己的寶寶了！」

底下低聲咕噥，表示讚許；雲星希望這則消息能轉移貓兒的焦點，免得他們亂傳兩腳獸的流言蜚語。他退離岩石邊，再次坐下。紅星湊上前，在他耳畔低語：「很高興知道天族不介意把領地分給兩腳獸。」

雲星惡狠狠地瞪了這隻薑黃色公貓一眼，努力提醒自己今晚是月圓之夜，所以各族之間嚴禁敵對。「我們當然沒把領地分給兩腳獸，」他喵聲道，還把眼睛睜得老大，彷彿很訝異紅星有這麼鼠腦袋的想法。「我們的邊界堅不可摧，氣味記號也一如往常地更新。」

「依我觀察，是比往常更頻繁。」紅星發表意見，尾巴還微微彈了一下。

風族的族長燕星這時起身，輪流伸展每隻腳，也等於是幫雲星解圍。「啊，我年紀大了，沒辦法在冰冷的石頭上坐太久，」他咕噥道。「下去好了？」

影族的族長晨星與河族的族長樺星點了點頭，並肩從巨岩往下跳。樺星光滑的毛皮下，看起來豐腴飽足，就連晨星也沒以往那麼瘦了。雲星刻意把毛弄得蓬鬆，好遮掩他突出的肋骨。儘管他對鳥飛做出承諾，吃的食物卻還是比族裡的戰士少。

我們的孩子誕生前，獵物就會回來了，他是這麼對自己說的。

鹿步在岩石底部等他。「雲星，可以借一步說話嗎？」她的碧眼寫滿焦慮。

雲星跟著她走進石頭背面的陰影。「別的巫醫傳話給我，」鹿步說話的嗓音顫抖不已。

「他們全都夢見我們，夢見天族被黃色怪獸吞噬，宛如樹倒後被壓在樹下的塵埃，遭到蹂躪。影族的痣皮堅信我們活不過下次大集會！」

「影族的痣皮應該多擔心自家的戰士，少管一點別族的閒事，」雲星咆哮道。「他只是個愛說長道短的長老罷了！連自己的毛皮都顧不了了，更遑論照護全族。」

「可是其他貓都把他的話奉為聖旨啊，」鹿步不肯放棄。「他們全都替天族擔心。」

雲星抬起頭來。「他們住在我們的營地嗎？見過我們的狩獵隊不辭辛勞地為大家覓食嗎？他們知道兩腳獸不再伐木了嗎？還是妳放消息，說我們要餓死了，說兩腳獸跟牠們可悲的怪獸害我們元氣大傷？」他其實不想把話說得這麼惡毒，鹿步聽了往後一縮。

「我只說我們沒事，可以照顧自己，」她激烈地說。「完全沒說別的。」

雲星為質疑自己的巫醫感到內疚。「我知道妳不會的。很抱歉。那麼，和其他貓會合吧，免得鄰族見著我們竊竊私語，又要給流言火上加油了。」

保持歡快、假裝對別族發生的事很有興趣，是一種折磨；直到貓兒漸漸從山谷溜走、準備在黎明升起前小歇片刻，雲星才如釋重負。他帶領族貓沿著河岸跑回家，但雷族在水濱留下的氣味記號惡臭衝天，叫他不禁皺起鼻子。天族雖能循著河邊抵達四喬木，但紅星似乎鐵了心，用宛如銅牆鐵壁的臭味，把他們困在卵石路上。

他們進了荊棘屏障就遇見鵪鶉心，只見他眼底盡是哀傷。「瓣落出事了，」雲星跟鹿步一鑽出荊棘，他便喵喵叫。「她又痙攣了，虛弱到眼睛都快睜不開了。」

鹿步跟雲星連忙跑進巫醫窩。年邁的母貓躺在滲進屋頂的微弱月光下。玫瑰奶油色的毛皮在突起的髖骨上撐得很緊，雙眼都陷入頭蓋骨了。她的毛髮籠罩著死亡的氣息，胸口那口氣也呼嚕呼嚕地喘不上來。她發現雲星跟鹿步進門，抬起頭準備講話，但身子突然一僵、兩腿一伸、眼珠往後翻。她開始顫抖，口吐白沫。

鹿步蹲在她身邊。「瓣落，沒事的，」她安撫老貓。「很快就結束了。」

瓣落緊咬的齒間傳來尖聲的呻吟。「拿兩顆罌粟籽給我。」鹿步對鶺鴒心喵聲道。公貓奔向儲藏室，雲星則往病貓身旁一蹲。

「兩顆罌粟籽？」他問道。「這樣安全嗎？」他知道鹿步平常最多只准貓兒服用一顆罌粟籽。

鹿步的視線未曾從瓣落抖動的病體移開。「你忍心看她一直這樣抽搐下去？如果能讓她沉睡，她就有機會好好休養、恢復體力。」

雲星俯視著看似快要穿透老貓毛皮的骨頭。對他來說，瓣落孱弱的身體裡大概一點力氣都不剩了。她最需要的是食物，而非睡眠，可是部族卻給不起。雲星強忍他絕望嚎叫的衝動。

瓣落漸漸地不再抖動。雲星用尾巴輕輕拂過她的脅腹。「瓣落，一切都沒事了。休息一下。」

老貓眨眨眼，其中一隻淺藍色的眼睛在雲星身上聚焦。「雲星，不要騙我。」她用粗嘎的嗓音說，但聲音小到雲星得屈身湊近才聽得到。聞到她的口臭，他不禁往後一縮，但希望她沒發現。

「我老了沒錯，但還不顢頇，」瓣落低沉沙啞地說。「我知道我們麻煩大了。我可憐的部族啊。多少浩劫都撐過來了，現在卻要栽在兩腳獸手裡。」

「瓣落，不會的！」雲星在她耳畔喵喵叫。「天族會挺過去的！」

混濁的眼珠轉了轉，冷冰冰地與他視線相對。「雲星，答應我，」老貓氣喘吁吁地說。「答應我，不會讓兩腳獸把我們逐出家園。」

「我答應妳，」雲星低語道。「這裡是天族的歸屬。只要我九命不斷，我們絕不離開森林。」

第七章

奶油色的微弱陽光濾過枝葉，預報黎明的到來。雲星試著在不驚擾瓣落的情況下伸直後腿。

老貓在吃了罌粟籽後陷入沉睡，只偶爾發出幾次隆隆鼾聲。雲星一直陪在她身邊，心事重重的他連閉目養神都辦不到，卻又不願讓瓣落獨眠。她習慣有其他長老貼在身旁取暖。

「雲星！」鹿步輕柔的叫聲劃破寂靜的小窩。「別扭來扭去了，你會把瓣落吵醒的！怎麼不去散個步呢？」巫醫從陰影中隱約靠近。「去吧，瓣落睡醒前，有我躺著陪她。」

雲星撐起身子，腳掌發麻，步伐踉踉蹌蹌，卻還是躡手躡腳地離開小窩。到了戶外，氣溫已轉暖，小飛蠅在他耳邊嗡嗡繞圈。營地萬籟俱寂；時候太早，連黎明巡邏隊都還沒出動。

雲星鑽進荊棘叢，在寧靜的林間疾行。森林就這麼一次悄然無息。這麼早，兩腳獸跟牠們的黃色怪獸還沒起床呢。可是，這靜得不對勁。雲星使勁地拉長雙耳，用力到耳朵都嗡嗡響了，還是沒聽到其他生物的聲音。沒有鳥鳴迎接破曉，也沒有松鼠在樹枝上蹦蹦跳跳，甚至不見蝴蝶隨著第一道曙光翩然起舞。森林裡顯得空蕩蕩的、了無生氣，也讓雲星生平第一次感到不受歡迎。

他鑽出樹木遭砍伐的林區，站在碎裂的樹墩環視千瘡百孔的家園。這片林區已面目全非，雲星再也認不得了。那條獾與鹿走的、通往遠處遼闊石楠荒原的小徑呢？或那片曾為雲星和他的見習生同伴遮蔽冰雹的冬青樹叢呢？

樹都不見了，一塊塊灰石現在鋪了鮮紅色的小石頭。好幾排高到中間有裂口，有的房間一路蓋到地面，有的則到小兩腳獸的高度。雲星的腦筋開始打轉。這些建築看起來很眼熟……雖然沒完工，但他以前絕對見過。

兩腳獸巢穴！兩腳獸居然在天族的領地蓋起新巢穴！

雲星環顧四周。這裡是他的家園！不是兩腳獸的！雲星感到胸口發疼，好像有族貓辭世一樣。沒機會收復這塊領地了。再也拿不回來了，給兩腳獸和牠們的小獸和怪獸占走了。牠們會就此罷休嗎？還是會繼續吞噬這片森林，把樹一棵一棵砍掉，直到什麼也不剩？雲星感到嚎叫聲在喉頭蠢蠢欲動，索性把頭一仰，任呼應絕望的哭嚎傳遍建到一半的石屋。

「我的家！我心愛的家園！」

他踏著千斤重的步伐返回營地。他該怎麼跟族貓交代？不該剝奪他們心中的一線希望。或許雲星暫時不用逼他們面對現實——至少先等他想法子帶領全族共度難關再說。他穿越荊棘的同時，知道現在還不是透露真相的時機。這時鹿步的窩傳來一聲輕柔的慟哭；是歐椋羽跟鷹雪在為室友哀悼。

鹿步擠出小窩入口，快步走向雲星。「瓣落剛走一陣子，」她喵聲道。雙眼蒙上一層哀傷。「她走得很安詳。你向她保證天族不會有事之後，她就睡得很安穩。」

雲星闔上眼。**瓣落，奔向星族的祖靈吧。切莫回首。族貓們會永遠緬懷妳的。**

歐椋羽和鷹雪從鹿步的窩裡出來了；他倆倒退著，小心翼翼地將瓣落的屍體拖到陽光底下。

「我們今天會為她守靈，」鹿步向雲星解釋。「天氣太熱了，黃昏就得將她下葬。」

雲星點了點頭。「藥草夠嗎？」他問道。

鶺鴒心已跟著長老出來，他一嘴柔軟的綠葉，將葉片撒在瓣落的身上，林間空地也因此瀰漫著青草味。

「應該夠。」鹿步答覆。她眼神慌亂地望著育兒室。「我去通知榛翅，讓她的寶寶先作心理準備。雲星，我很少對族長下命令，但是請你今天別外出巡邏了。你跟我們大家一樣需要休息，假如少了你，天族就一點希望也沒有了。」她一邊用尾巴輕拂脊椎，一邊踱步而去。

雲星走向前，躺在瓣落的頭旁邊。她閉著眼，看起來跟睡覺無異。

我的老友，到星族去吧，一路好走。

他身旁的空氣有點動靜，原來是鳥飛坐了下來。暑熱已使她氣喘吁吁。

「要不要去樹蔭下？」雲星提議，但鳥飛只是搖搖頭。

「我的位子在這裡，在瓣落旁。」她喵聲道。

「這種感覺，像是我們的過去，有一部分隨著砍落的樹被撕裂。」雲星咕噥著把口鼻擱在瓣落充滿藥草香的臉頰上。

「我懂，」鳥飛喵聲道。「鹿步跟我說，你向瓣落保證一切將安好無恙，天族也不會失去家園，但你怎能這麼有把握？我們打不過兩腳獸的！」

「星族會守護我們的，」雲星提醒他的伴侶。「放棄就表示我們不信祂們能保佑全族平安。要相信星族，更何況瓣落現在也加入群星了。」

「原本我還希望她能見見我們的寶寶。」鳥飛低語道。

「無論她在哪裡，都會看見的。」雲星向她保證。

⚡⚡⚡

鳩尾親自率領一組晨間巡邏隊外出，後來再加入雲星，為瓣落守靈。

榛翅領著小貓經過，三隻幼貓都好奇地瞪大雙眼，看著這一動也不動的貓。小燼還想舔瓣落的耳朵，看看她味道是不是不一樣了，結果生氣的母親抓了她一下。

整個營區都比平常安靜，籠罩在悲傷之中；然而，太陽還沒爬上樹梢，怪獸就開始隆隆作響，所以瓣落的毛皮也隨著震動的土地微顫。

鳩尾坐在雲星身旁守靈。他們默默坐著，呼吸著藥草香，每隻貓都各自追念他們對前副族長的回憶。

鳥飛已退到樹蔭下，縱使鹿步在她頭底下墊了浸溼的苔蘚，側躺的她還是氣喘吁吁。

這時荊棘叢突然劈啪作響，鼠齒衝進林間空地。「快叫鹿步來！」她哭喊道。

她身後的夜毛鑽出荊棘叢，帶領著見習生橡掌走了出來。這隻灰色的公虎斑貓身上滿布爛泥，一隻前掌離地，靠其他三條腿往前蹣跚而行，每走一步就縮一下。雲星一看馬上一躍而起。

「這是怎麼回事？」他質問道。

夜毛神情冷酷。「我們在樹林邊狩獵。」他下巴往被兩腳獸劫掠的邊界點了一下。「橡掌找到一隻松鼠，把牠追到兩腳獸放置紅石頭的空地。結果跌進壕溝，那條溝肯定是兩腳獸挖的。」

這時鹿步已從窩裡跑來，開始聞橡掌的肩膀。「算你走運，」她這般評論。「應該沒有骨折。到我窩裡來，我找東西幫你止痛。」她讓橡掌把體重靠在她肩上，將他帶走。

鳩尾走到雲星跟夜毛這頭。「鹿步說得對，」他咆哮道。「這麼輕鬆脫困算橡掌走運。弄不好的話脖子都能摔斷呢！」

雲星點點頭。「到那裡打獵實在太危險了。從現在起，誰也不許接近那條新邊界，就算森林裡所有的松鼠都坐在另一邊也不准去。」

夜毛詫異地看著他。「我們總得吃飯吧！」

「對我們來說，更重要的是活命，」雲星指出問題的癥結。「那塊領地已不再屬於天族了。兩腳獸竊走我們的土地，我們卻無能為力。只能想別的辦法覓食了。」

第八章

「颱鬚，你帶蕨皮、颱毛跟橡實掌沿著河邊狩獵。如果不介意把腳弄溼，運氣好的話，說不定能找到田鼠窩呢。鼠齒，妳那支隊伍可以獵——」

「鳩尾，等一下！」雲星大步踏出族長窩，對他下令。他對副族長微點一下頭，為打斷他說話而致歉。「今天誰也不用外出打獵。我要大家——戰士以及見習生——訓練格鬥技巧。」

鳩尾不可置信地望著他。「可是新鮮獵物堆都快空了！森林裡能吃的已經這麼少了，應該能抓多少是多少啊！」

「不，」雲星喵聲道，他的心跟石塊一樣沉重，雙眼因夜不成眠而灼燒。他在床上輾轉反側，發現只剩一個辦法能為全族覓得足夠的食物。「我們必須戰鬥。」

「我們打不贏兩腳獸的！」颱鬚提出異議。

雲星搖搖頭。「不是打兩腳獸。是攻雷族。我們必須要回暗星讓給他們的那塊領地。沒有那塊地，就沒有足夠的獵場供給族貓食物。」

鳩尾意味深長地看了雲星好久。「換作是暗星，也會做同樣的決定，」他輕聲喵聲道。「你沒有違反戰士守則。」

其實雲星甚至不確定暗星——或其他星族的貓——有沒有繼續看顧天族。自從那晚前任族長向他擔保天族有多強大、在森林裡會如何千秋萬世，他就再也沒做過別的夢。

鳩尾開始重組巡邏隊。

打破慣例，見習生個個神情興奮。「都打獵好幾天了！」橡實掌喵聲道。「我等不及要再試一下從天而降啦！」

「我倒想練習枝頭反蕩，」薄荷掌喵聲道。「上次我一直從樹上掉下來，不過現在我力氣夠大，一定能把樹枝抓牢。」

戰士們顯得較為安靜，雲星不知他們是否察覺到他有多心急，而且準備好要收回暗星的承諾。他站在林間空地中央，望著隊伍消失在灌木叢中。

天族戰士的戰鬥招式包括從樹上躍下、在枝間擺蕩、運用高度和重量的優勢制敵。除了邊界上的小衝突外，他們已經好幾個月沒跟別族交戰了。

族貓明明餓到虛弱無力，又為兩腳獸肆虐領地而擔憂失眠，卻還是被他趕鴨子上架；一想到這裡，雲星身上的每根骨頭就開始發疼。問題是他找不到替代方案。他們非得想辦法擴張領地不可。

隔天天一破曉，雲星就把全族叫到多節瘤的樹下。他在金雀花叢頂部的細長枝頭站穩腳步，透過柔和的曙光俯視族貓。

「各位族貓，是時候討回原本屬於我們的東西了。進攻由我帶領，鳩尾跟在我後頭。每位都有機會上場——只有蝸掌跟薄荷掌例外。」兩位見習生失望地發出哀號。

「可是我們也想參戰！」薄荷掌抗議。「昨天我們練得很勤，我只從樹枝跌下來三次而已！」

「我們不會害怕，」蝸掌補充道，蓬起他褐色的軟毛。

「沒有貓懷疑你們的勇氣，」雲星向他們保證。「可是我需要強健勇敢的貓留守大後方，保衛貓后跟長老。為我擔起這個責任好嗎？我知道艾菊掌也會盡力幫忙的。」

他們奶油色的同胎手足抬頭挺胸。先前她扭傷肩膀，到現在走路還一瘸一拐的，昨天也無法加入格鬥訓練。雲星祈禱他們出征時，不必號召這些勇敢的小貓保家衛國。可是他們年紀太小，不能參戰，總得想個法子彌補他們沒被揀選的挫折。

雲星望著他的戰士。他們無不瘦弱疲累、毛髮纏結、兩眼凹陷到腦袋裡，好像準備加入長老的行列。我們總得想法子找到力量、奪回領地。「天族的族貓！」他宣布道。「今天是光榮的一天！我們有機會重設邊界記號，讓雷族知道我們不會再容忍他們侵占許久以前屬於天族的獵場。」

「好耶！」榛樹叢下的戰士們歡聲雷動。「我們要趕走那些卑鄙的入侵者，讓他們知道天族才該在那裡打獵！」

鴆尾迎上雲星的目光，對他點了個頭。是時候動身了。副族長開始把戰士分成三支進攻隊伍。

雲星也從樹上跳了下來。鳥飛正等著他。她琥珀色的雙眸寫滿恐懼。雲星一度擔心她會勸他別打這場仗，看在寶寶的份上保住自己的命。

「雖然我不能跟你並肩作戰，」鳥飛嚴肅地喵聲道：「但我永遠在你心裡，與你同在。讓我成為你的勇氣和力量。」她把口鼻靠在他肩上，雲星再吸了一次她的氣味。

他抬起頭，與她四目相對，輕聲說：「我們非得打贏這場仗。萬一打不贏，就全盤皆輸。」

「別忘了，我在你心裡。」她低聲回應。

雲星挺直腰桿，昂首闊步地穿過林間空地，帶領戰士步出營地。

「向雷族前進！」他吶喊著衝進荊棘叢。

⚡⚡⚡

天族的貓越過雷族疆界，開始穿過矮樹叢，在橡木林的彼端設下新的邊界記號。雲星跟鴆尾把計畫訂得一清二楚：設立新的記號、如遇挑戰絕不寬貸、要讓雷族知道天族再也不會容許異族擅闖這片林地。雲星的隊伍才剛跨過疆界幾步，就撞上一支雷族的邊界巡邏隊。

猛然轉頭望著他們的，是一張張驚恐的臉龐。「以星族之名，這到底是……？」帶頭的雷族戰士吼道。

「我們被攻擊了！」他的族貓亮出利爪咆哮。

「有貓擅闖！」第三隻貓嘶聲叫道。

「不，擅闖的是你們！」雲星怒嚎。「天族現在收復這塊領地了。」

第一位戰士被逗樂了，叫了一聲。「哦，是嗎？那就放馬過來吧！」他撲向雲星，不偏不倚地落在他脆弱的脊椎，利齒往他的頸背狠狠一咬。

鼬鬚向前一躍，把雷族的戰士拽開，壓在地上、用後腳猛擊。另一隻雷族貓跳到鼬鬚身上，他褐色與薑黃色的毛皮頓時消失在混亂的毛髮和踢飛的落葉中。

雲星亮出爪子，加入打得難分難解的混戰，豈料這時有更多雷族貓衝出蕨叢。尖叫與嘶聲劃破寧靜的森林，雷族也因而察覺他們遭到攻擊，跑來捍衛邊界。

雲星設法將鼬鬚拖出貓群，攔下其中一位雷族戰士，好讓這隻褐色與薑黃色的公貓歇口氣。雲星放膽環顧四周，只見天族的貓正爬到樹上。

就是這樣！盡力拚吧！他暗自督促。

雷族的戰士只能乾瞪眼，挫敗地望著敵軍消失在枝葉中。

「有種回來打呀！」其中一隻拂去口鼻的血漬，厲聲咆哮。「懦夫！」

先是安靜片刻，接著樹木像炸開似地，貓兒躍入空中。夜毛、鼬鬚跟橡實掌朝一隻名叫蕁爪的灰色結實公貓進攻。

雲星前一秒才覺得揚眉吐氣，下一秒就驚愕地望著戰士把貓兒當作荊棘似地甩開，又趁橡實掌還沒站穩腳步，就往那位見習生撲去。雲星跑去幫忙，可是身後不知打哪兒來的利爪劃過他的毛皮；他搖搖晃晃地往後倒，感覺口臭的熱氣襲上頸毛。

他猛一轉身，只見籽皮對他咆哮。「天族要學會尊重我們的邊界。」她嘶聲叫道，朝他迎面而來，伸爪子扒過他的口鼻。

雲星甩掉鼻子的血，用後腿直立，想抓這位雷族副族長的耳朵，卻被營養充足、身強體壯的她給閃了過去。

這時，雲星心頭一怔，因為他發現連紅星也加入戰鬥了。他與蕨皮鼻碰鼻，後者從枝頭蕩到他的臀部，扒掉他脅腹上的一塊毛。她著陸以後，伸爪子對這隻深薑黃色的公貓左右開弓。紅星俯視著她，接著出一記重拳，將她擊到一邊。蕨皮滾進蕨叢，一動也不動地躺著。雲星準備衝向她的當下，她又七手八腳地爬起來、甩甩身子、奔回這場混戰。

雲星將目標轉到雷族一隻名叫琥珀爪的戰士。那隻貓正往別的方向看，於是雲星蹲低身子、穩住重心，準備往琥珀爪的臀部跳。可是他還沒來得及跳，頭頂就傳來一聲呼喊：「小心！」

下一秒，鼠齒躍下枝頭，在空中筆直落下。但她給雲星的警告也被琥珀爪聽見了，所以這隻雷族戰士往旁邊一閃。鼠齒伴隨著揪心的一聲巨響墜地。她痛苦尖叫。琥珀爪目露凶光，以後腿直立，準備去扒她往外翻的肚皮。

雲星後腳一蹬，躍過鼠齒的身體，迎頭撲向琥珀爪，把他往後推。雷族貓在他身子底下蠕動；雲星察覺他無法把這名戰士按住不動，只好在琥珀爪咬他脖子之前，先往旁邊一滾。起碼這為鼠齒換來時間，讓她有機會拖著一條後腿爬走。雲星瞥見她鑽進蕨叢，從她腳掌的角度看來，那條腿已經斷了。放眼望去，他的戰士因恐懼與飢餓氣得吹鬍子瞪眼，可是他心裡有數，他們太過瘦弱，打不過虎背熊腰、毛皮光亮的雷族。

他的族貓在情急之下犯了愚蠢的錯誤，雷族的戰士通常只要等著進攻者自亂陣腳就好了。縱使天族血濺樹幹和落葉，橡樹林仍充斥著雷族的氣味。雲星自知這場仗是贏不了了。倘若再叫戰士撐久一點，恐怕會有比鼠齒斷腿更嚴重的傷勢。

雲星累得無以復加，身負著不只皮肉傷的疼痛，抬起了頭。「天族，我們撤！」

第九章

「族貓，我們輸了。」

雲星拖著疼痛的腳回到林間空地。毛皮的每處刮傷都如烈焰般灼燒，腳掌也因落在硬梆梆又灰塵滿布的地面而發麻。「我很抱歉。」他咕噥道。

鳥飛快步上前，她的眼神因恐懼而黯淡。「你們……你們輸了？可是，你說過這場仗我們非贏不可？」

「對，非贏不可。卻還是輸了！」雲星口氣很衝。他看見鳥飛縮了一下，口氣便軟化下來。「對不起。妳說得對。我們是該打勝仗的。我們需要那塊土地供給食物。」

鳩尾從荊棘下鑽出來，一隻眼睛腫得睜不開，毛皮也黏著血漬。「直接去找鹿步。」雲星命令他。

空地周圍可見貓后跟長老圍著歸來的戰士。他們如此輕聲細語，雲星可以聽見畫眉鳥在這塊領地的某處囀鳴。**愚蠢的鳥兒啊，**他暗忖道。**倘若留在這裡，明天就要成為其他貓的獵物了。**剩下的鳥兒寥寥無幾，他考慮要不要馬上派戰士去抓牠。問題是，體格好到能狩獵的貓，每隻都參戰了，也全都負傷歸來，小至耳朵撕裂，大到鼠齒的斷腿。

雲星不知星族是否看見了他們屈辱的挫敗。感覺似乎天族的戰士祖靈，沒有一個站在他們這邊。

「你脅腹的割傷也得醫治。」鳥飛對他說。

「先等會兒，」雲星答覆。「我得先跟族貓精神喊話，要他們別因一次失敗而一蹶不振。」

他爬上多節瘤的樹木。樹枝似乎比往常還高，他想把身子往上撐，後腿也爆炸性地疼痛。雲星只好改用前腳把自己往上拉，在搖擺不穩的細枝上保持平衡。他曾經屹立枝頭、望向茫茫樹海，推估領地的盡頭。如今透過樹枝這層稀疏的屏障，即能看見蓋到一半的兩腳獸巢穴陰森矗立，鮮紅、堅硬又險惡。

樹底下傳來一聲輕咳，把他的注意力重新拉回族貓身上。跟他外出征討的貓，看起來空虛憔悴、痊癒無望；只有留守大後方的貓，眼底還留有希望的徵象。

「天族的貓啊！」雲星提高音量，努力讓自己聽起來像個族貓能夠信任、有能力拯救部族的領袖。「今天我們之所以戰敗，是因為雷族比我們更賣力、更有手段。比我們更渴望勝利。」

筋疲力盡的戰士中有幾位面露驚愕，但其他貓兒無不點頭、抽動尾巴，彷彿為辜負族貓的期望而內疚。雲星像是被什麼利器刺進心窩似的。他知道麾下的戰士已盡力了，但他們寡不敵眾、飢腸轆轆，徒勞無功的外出狩獵使他們身心俱疲。

「我不怪你們任何一位。只求你們回顧今天的這場仗，檢討自己的缺失。假如確實有改進的空間，日後將另有戰役、另有機會，來證明什麼叫作天族戰士。」

底下的貓群一陣騷動、抬起頭來，彷彿已經在想像未來跟鄰族的衝突。對於他們的公然藐視，雲星冷不防地一縮。**我實在不忍心再叫你們上戰場，但是我們非戰不可。我很抱歉。**

他最後說道：「天族將會收復原本屬於我們的地盤。我們會把那塊領地，從雷族那群小偷手上奪回來！」

底下傳來微弱的歡呼。

雲星長嘆一聲。他族裡的貓一身是膽、忠貞不二。這樣精銳的戰士，夫復何求？可是他們能求來一個更領導有方的族長嗎？

他小心翼翼地從荊棘樹上跳下來，一瘸一拐地走進鹿步的窩。他需要蜘蛛網跟其他藥草舒緩瘀傷——但罌粟籽就免了。今晚他得保持清醒，想個別出心裁的方式攻擊雷族，想個有別以往、能給戰士最佳——也或許是唯一能——獲勝的機會。

「雲星！雲星，醒醒！」

溼溼的口鼻伸進雲星的耳朵。他咕噥一聲，把它揮到一邊，坐直身子。透過窩頂的樹枝往外望，天空正隨著拂曉轉為牛奶白，但還是暗得可以瞧見星光閃爍。**星族，祢們依舊庇佑著子民嗎？要傳遞什麼智慧箴言嗎？**

「雲星，我有話要跟你說！」

「怎麼了？」雲星認出鹿步的青草味，馬上問道。「是不是鳥飛生了？」他一躍而起，完全清醒。「她沒事吧？要我去採藥草嗎？」

「先坐下，」鹿步嘶聲叫道：「否則全族的貓都要被你吵醒啦。鳥飛很好。她的寶寶會在下個弦月誕生，不是今晚。她在育兒室裡睡得正安穩呢。」她曳步往窩裡走，然後坐下。不定睛瞧還看不見她在樹葉襯托下的淺褐色毛髮；她把頭轉向他時，雙眸閃爍微光。

「我做了一個夢。」她娓娓道來。她的嗓音比平時要尖銳，雲星從黏著她毛皮的藥草灰塵下，嗅出另一種氣味：恐懼。

「我相信星族展示的，是我們的未來。不遠的未來——鳥飛伴著你的寶寶，他們還非常幼小——」

「身體好不好？」雲星打岔道。「他們沒事吧？」

鹿步搖搖頭。「沒事，你的寶寶看起來很……健康。」她深吸一口氣。「天族正在搬離森林。全族參與大集會。我們……我們要求留下來，但遭到別族拒絕，所以不能再待在這兒了。」

「什麼？這太荒謬了！」雲星尾巴一抽。「我們要留要走，豈容別族決定？這是我們的領地欸！」

鹿步凝視著他，眼底的哀傷教雲星不忍卒睹。「你不懂，」她輕聲喵聲道。「沒有領地了。都沒有了。兩腳獸全占光了，我們無處可去。」

雲星沮喪地望著她。真的會這樣結束嗎？天族會像是狐狸般被趕出家園？

鹿步把尾巴搭在他的肩上。「雲星，我真的很抱歉。你不該輸掉那場仗的。我們禁不起輸掉那一役。」

第十章

蒼白的弦月在育兒室灑落一道光。烏飛張嘴微弱地哀號。雲星則蜷在她身邊。

「妳做得很好，」他鼓勵伴侶。「再推一下，第一個寶寶就要出來了！」

烏飛的眼珠轉了轉，目露凶光地瞪他。「說得容易！」她從咬緊的牙關斷聲吐出幾個字。「你又不知道這是什麼感覺！」

「啊，公貓都是這副德性嘛，」鹿步喵聲道。「雲星已經盡力了。烏飛，專心呼吸。」

烏飛把爪子刺進雲星的前腿，雲星痛得臉部歪扭，但提醒自己這跟伴侶承受的痛苦相比，根本不算什麼。烏飛的腹部一陣抽搐、漾起波浪，一團小球滑溜溜地落到苔蘚上。鹿步屈身，用牙齒咬開胎膜。小肉球開始蠕動，烏飛扭過身子舔牠溼溼的毛。

「是隻公的！」鹿步宣告，並把小貓往烏飛的肚子推。雲星歡喜地俯視他的兒子。他全身的深色毛髮，被烏飛舔得像豎直的尖釘；雖然緊閉雙眼，仍能找到母乳味道的源頭。

鳥飛身子一僵。「又有一隻要出來了。」她喘著氣說。

「好耶！」雲星喵喵叫。「我們說好要四隻的，記得嗎？」

鳥飛只是死命瞪著他。再使勁一推，第二團肉球現蹤，體型比第一隻還小。鹿步把小貓的口鼻跟胎膜分開，將牠往鳥飛的腦袋那頭推。這隻小貓不像前一隻那麼活潑愛動。

「她沒事吧？」雲星問道。

鳥飛開始帶勁地舔小貓。小貓抬起頭，發出微弱的哀號。

「她很好，」鹿步呼嚕叫。「哥哥有隻可愛的小母貓作伴了。」巫醫用前掌撫過鳥飛的腹部。「應該就這樣了。鳥飛，我幫妳拿點浸溼的苔蘚。寶寶吸奶的時候，妳想辦法睡會兒覺。」鹿步悄悄步出育兒室，雲星聽見一直在門外等待的榛翅問起新生小貓。

他低頭用口鼻磨蹭鳥飛的耳朵。「我真以妳為榮，」他低語道。「一公一母！」

鳥飛仰望著他。「對不起，沒辦法多生兩個。」

「別鼠腦袋了。兩個恰恰好。接下來這幾個月，我們可有得忙了！」雲星端詳鳥飛肚子旁那兩團扭動的小肉球。「該幫他們取什麼名字好？」

鳥飛抬頭注視他倆。「毛刺刺的小公貓，看起來像是一簇金雀花！叫他小金雀好了？」

「好極了，」雲星喵聲道。他用前掌輕輕拂過小母貓。「妳看，她的毛乾了之後呈波浪狀，好像陽光穿透樹葉。這隻就叫小斑紋怎樣？」

「小斑紋跟小金雀，」鳥飛呢喃著躺回床上。「我們的小寶貝……」她話愈說愈小聲，並闔上雙眼。

雲星步出小窩，深吸一口氣。照理說，這應該是他生命中最快樂的一晚，卻怎麼也移不走心頭那顆悲傷的沉重石塊。

他抬起頭，望著籠罩部族的輪廓。他們曾被群樹環抱，如今在四面八方包圍的，竟成了黃色怪獸。森林的其他區域已夷為平地，樹被砍得砍、拖得拖，空間移給更多排灰的、紅的石頭。只有最濃密的林區——也就是天族的家園——沒遭毒手。

雲星穿過荊棘，走進樺樹曾經矗立、如今只剩泥土翻攪的空地。他仰望爪痕般銀光閃耀的紫色天空。**星族的戰士啊，祢們看見我剛出世的寶寶了嗎？祢們會守護他們，還是像遺棄我們那樣，置之不理？**

疲倦頓時如浪潮般向雲星襲來。他整天都在河畔的蘆葦叢狩獵，那裡是唯一有希望找到獵物的地方。有的戰士甚至學河族貓，想辦法把魚從水裡鉤出來，結果大費周章換來的只是刮傷的爪子和一身溼毛。每隻貓都開始厭惡水鼠的味道，就連榛翅的小貓也不例外，抱怨挨餓最不遺餘力的就是他們。

雲星閉上眼，把口鼻塞進尾巴下。他不知不覺地進入夢鄉，發現自己在星族漫步，穿過他先前和祖靈見面的，聳入雲霄、低聲呢喃的樹林。他環顧四周、嗅嗅空氣，尋覓那些預言天族會多麼壯大、平安的貓，保證他們會在森林裡千秋萬世的貓。可是林中空蕩蕩的，舌尖只嚐到樹葉和樹皮的氣息。

「懦夫！」雲星怒號道。「現在躲到哪兒去啦？出來見我啊，跟我說天族不會有事！」他開始在林間亂跑，蕨類在他耳畔呼嘯而過、鉤住他的尾巴。莫非整個星族都消失在黑夜裡了？又或者祖靈自知無能為力，只好在暗中觀察他、躲著他？

雲星在林間空地止步，身側不斷起伏。「給我個預兆，讓我知道還有希望，」他懇求道。「讓我知道祢們沒放棄我們！天族只能仰賴祢們了啊！」

可是，除了窸窣的樹葉，沒有任何回音；窸窣聲愈來愈嘹亮，連雲星耳朵的毛都開始顫動。他用前掌蓋住耳朵，想要阻絕可怕的噪音，但牠卻持續靠近。他抬起頭，倒抽一口氣，只見一隻黃色怪獸朝他步步進逼，映著黎明乳白色的天空，牠顯得巨大凶惡。雲星放聲尖叫，奔回空地邊上，目送怪獸咆哮著隆隆駛過。

「我們的祖靈大概連老家都認不得了，」他身旁響起一個粗嘎的嗓音。

雲星嚇了一跳，轉身只見歐椋羽蹲伏在地上，毛髮蓬亂、雙眼因年邁而迷濛。「我每天都來這裡，看兩腳獸破壞我們的領地，」老貓繼續說。「一點一滴地蠶食，奪走我們的樹林、我們的獵物、我們的屏障。最糟的是，牠們也奪走了我們的希望。」

雲星尾巴一揮。「別說這種喪氣的話！我們會奮戰到底！非拚到底不可！」

歐椋羽溼糊的雙眼在他身上聚焦。「雲星，眼睛擦亮點，看看四周。認輸然後另尋出路，也是高尚的行為。你向來領導有方，就算其他一切改變，這點仍始終如故。」

「我們唯一的希望是，找到更多領地，」雲星喵聲道。他低頭望著沾滿爛泥的腳掌。「等下次大集會，我會尋求別族援助，分給我們一些領地，就像暗星之前那樣。」

「萬一他們拒絕呢？」歐椋羽進一步提出可能性。

雲星陰鬱地凝視老貓。「那我也不知道該怎麼辦了。」他坦承道。

⚡⚡⚡

一輪滿月沉甸甸地掛在清朗無雲的夜空，將森林染得一片銀光，每隻貓兒的毛皮也化為褪色般刷白的淺灰。溫暖空氣中的氣味，告訴他別族的貓已經到了。

群貓圍在四喬木下，各族長則在高聳岩上等待。他們驚愕地望著天族貓從山谷的一側蹣跚步下。見習生縮成一團，在別族眾目睽睽之下，睜大雙眼、緊張兮兮。接下來出場的是歐椋羽跟鷹雪，看起來太過虛弱，根本無法參加大集會。雲星聽到別族的長老嘶嘶叫地表達反對；他們都認為一旦這麼高齡就該歇著不受打擾。

隊伍稍微中斷，接著現身的是榛翅跟鳥飛。榛翅拉著小金雀，這隻小貓咧著大嘴，不願被拖出荊棘。鳥飛則銜著小斑紋，在母親嘴上擺盪的小貓看起來似乎更迷你了。

小網、小孵、小燼、跟小鵜則踉踉蹌蹌地跟在貓后身後，因沿著河流長途跋涉，累到連參加大集會也提不起勁了。戰士們防衛性地圍著貓后跟長老，豎直尾巴、緊貼著寸步不離，不讓周遭驚懼的喘息干擾族貓。

「偉大的星族啊！」燕星驚呼道。「雲星，看這陣仗，任誰都會以為你把全族都帶來大集會了。」

雲星強迫自己迎向風族族長的目光。「沒錯，」他喵聲道：「我的確是把他們都帶來了。」

「以星族之名，你為什麼要這麼做？」樺星質問他。

雲星深吸一口氣。

我得向別族求助的時候到了。喔，星族啊，這真是祢們所樂見的嗎？

「因為我們再也無法待在自己的領地上了，」他向群貓宣布。「兩腳獸毀了我們的家。」

「什麼？」紅星邁步向前。「雖然根據我的巡邏隊回報，近來有更多兩腳獸在你們領地出沒，怪獸也發出許多噪音，但牠們不可能把整片土地都毀了吧。」

「都毀了。」雲星眺望幽暗的樹林，彷彿可以望穿天族慘遭劫掠的家。「牠們領著巨獸而來，那群巨獸有本領推倒樹木、翻攪大地。我們的獵物不是死了，就是嚇跑了。現在怪獸在我們的營地周圍蟄伏，靜待時機突襲。天族的家園沒了。」他轉頭凝視其他族長。「我帶了全族的族貓過來，請各位幫助。請各族務必讓出部分領地給我們。」

岩石下抗議的叫聲此起彼落。看見族貓各個繃緊神經，彷彿準備要發動攻勢，雲星的心就隱隱作痛。**我們只是在求助啊！**

燕星首先答覆。「你們怎麼好意思堂而皇之地走來，伸手要我們的領地？我們光要餵飽本族的族貓都自顧不暇了。」

紅星拿一隻前掌往灰色的硬石刮。「綠葉季獵物豐饒，但等落葉季到了怎麼辦？到時候莫怪雷族無法分食。」

「影族也愛莫能助，」晨星喵喵叫，起身迎向雲星的目光。「我的部族是五族最大。每吋土地都是餵養族貓的關鍵。」

雲星望向第四位族長。「樺星？妳怎麼說？」

「我很想幫忙，」她喵聲道。「真的很想。問題是河水很淺，現在比以往任何時候都更難捕魚。況且，天族的貓也**不會**捕魚啊。」

「說得好，」燕星火上加油。「只有風族的貓夠敏捷，能在荒野追捕到兔子和鳥類。我們的領地上完全沒地方可以讓你們搭營區。在金雀花叢下睡覺，你們很快就會嫌膩了。」

雲星凝視他們，視線許久不移。「那我們天族該如何是好？」山谷裡的貓每隻都默不吭聲。雲星感覺心臟抵著毛皮砰砰跳。**請救救我們！少了星族，你們是天族唯一的希望！**

紅星率先開口。「離開。」

雲星眨眨眼。**什麼？**

「沒錯。」燕星的嗓音捎來些許的咆哮。「離開森林，另覓別處安身立命，遠得偷不到我們的獵物。」

風族的巫醫雲雀翅，在岩石底下站了起來。「燕星，」她呼喚道：「請恕身為巫醫的我直言，星族不會樂見我們把天族驅逐出境的。森林裡向來五族鼎立。」

燕星俯視著她，眼神流露出一絲不耐。「雲雀翅，妳口口聲聲說能預見星族的旨意，那請告訴我，為什麼月亮依舊發光？假如星族的祖靈認為天族不該離開森林，照理說會讓烏雲籠罩天空才是。」

雲雀翅搖搖頭，面露憂愁地坐下。

雲星感覺一股焦慮浮現胸口。「五族在這座森林鼎立，時間久遠到不可考，」他提醒其他族長。「難道這點對各位來說，不具任何意義嗎？」

「世事多變，」紅星答道。「或許星族的旨意也會變哪。星族賦予每一族在各自領地上安身立命的技能。河族的貓是游泳健將。雷族的貓在樹叢追蹤獵物的本領高明。天族的貓能跳到樹上，因為他們領地上的掩護不多。這不就表示各族無法在異族的邊界生存嗎？」

影族骨瘦如柴、毛髮凌亂的巫醫痣皮昂首直視雲星。「你老是說星族希望五族在森林裡共生，可是你怎麼知道這是真的？四喬木只有四棵橡樹，或許這也是個徵兆，表示這裡只容得下四族。」

「天族不屬於這裡，」山谷中央有隻來自風族的銀色虎斑貓說。「大家快把他們攆走。」

雲星看見他的戰士毛髮倒豎、亮出利爪，縱使飢餓疲累也準備決一死戰。

哦，我勇敢的族貓啊！事情演變到這個地步，我很抱歉。被星族的祖靈遺棄，如今又遭唯一能救我們脫困的貓驅逐出境。

「別動手！」他叫道。「天族的戰士，雖然我們不是懦夫，但這是場打不贏的仗。今晚我們總算認清戰士守則微乎其微的價值。從今爾後，我們要孤軍奮戰，不靠任何貓，自力更生。」他一度閉上眼，感覺自己的心碎成兩半。少了領地，天族的食物跟屏障也跟著落空。少了星族，他們就了無希望。

我們走到山窮水盡了。我是個沒有能力拯救族貓的領袖。

雲星從高聳岩一躍而下，穿過群貓，最後站在鳥飛身旁。他的寶寶在她腳邊低泣，睜著驚恐的大眼仰望著他。他們看起來就跟小魚苗一樣脆弱。雲星與鳥飛四目相對，看一眼就知道她打算說什麼。

「雲星。」鳥飛的聲音在顫抖。「我們的寶寶還太小，沒辦法長途跋涉。如果有哪一族肯收留我們，我要跟他們留下來。」

雲星有那麼一瞬間暗自詛咒星族賦予他九命的一夜。假如他不是天族的族長，就能跟著留下來，或和鳥飛過著無賴貓的生活，不用受那可惡的戰士守則規範。如今，他的九條命冰冷孤寂又無窮無盡地在他面前延展。

哦，鳥飛。難道我也得失去妳嗎？

這時雷族的巫醫隼翅，不顧兩名天族戰士的嗥叫，硬是從他們中間擠過去，低頭嗅了嗅小貓。「雷族歡迎你們。」

雲星猛一轉頭，與他面對面。「你確定？」他質問道。「畢竟你們的族長對我們說了那麼刻薄的話。」

隼翅眼色一沉。「我認為族長錯了，」他喵聲道。「但他不會對無助的小貓見死不救。他們會在雷族活下去，鳥飛，妳也是。」

鳥飛頭一低。「謝謝。」她面向雲星，悲傷溢滿她的那雙碧眼。「那麼要在此跟你告別了。」

「不，鳥飛。」此刻雲星再也無法佯裝堅強了。「我怎能拋下你們不管。」

「你非得這麼做。」鳥飛搖搖頭。「天族需要有你領導，但是小貓現在需要我。」

雲星垂著頭。「我會等妳，」他低語道。「我會一直等下去。」他用口鼻緊貼著鳥飛的側身。「待在隼翅身邊。他會找戰士把寶寶帶回雷族的營地。」他又對雷族的巫醫補了一句。「好好照顧他們。」

隼翅點點頭。「我會的。」

雲星用鼻子輪流緊挨著寶寶，先是小金雀，再來是小斑紋。他把孩子的奶香味吸進體內，知道自己會一直把這味道記著，直到斷氣為止。他想知道小貓會不會記得他。然後，他凝視鳥飛，沉浸在她的模樣裡，彷彿這是他下半輩子唯一想看的風景。**我很抱歉。**

鳥飛微微點了個頭，雲星馬上就知道她在想什麼。她提醒他依舊是族長的身分。沒了家園、沒了食物、沒了星族，族貓們唯一能指望的就只剩他了。雲星抬起頭，以尾巴向其餘族貓示意。「跟我來。」

他打頭陣，走向斜坡，但還沒鑽進樹叢，紅星就從高聳岩頂呼喊。「願星族與你們同在！」

雲星轉頭，冷冰冰地瞪了雷族族長一眼。「隨便星族想去哪裡都行，」他嘶聲叫道。「從今爾後，我跟這群戰士祖靈毫無瓜葛。」他不去理會周遭驚恐的喘息聲，有些甚至是自己族貓發出的。「星族任由兩腳獸糟蹋我們的家。祂們瞧不起天族，在你們把我們攆走的當下，依舊讓月光照耀大地。祂們說森林裡永遠五族鼎立，但這只是謊言一場。天族再也不會仰賴繁星了。」

他最後拂了一下尾巴，鑽入樹叢。族貓也彷彿遭到茂盛的葉影吞沒，跟著他一湧而入。在那一刻，對他重要的一切，全被拋在四棵巨橡之下。

別了，鳥飛、小金雀、小斑紋。我發誓，有朝一日，會與你們重逢。

WARRIORS

貓戰士

冬青葉的故事

Hollyleaf's Story

色斑紋的淡灰色公貓），和小花（背脊有深色斑紋的淺棕色母貓）。

長老　（以前是戰士、貓后，現在已經退休）

長尾：帶有暗黑色的條紋的淺色公虎斑貓，因雙目失明提前退休。

鼠毛：暗棕色母貓，體型瘦小。

古代貓族

落葉：薑黃色與白色相間的公貓。

河族 *riverclan*

族長　**豹星**：帶有少見斑點的金色母虎斑貓。

副手　**霧足**：藍眼睛的暗灰色母貓。

巫醫　**蛾翅**：琥珀色眼睛、漂亮的金色母虎斑貓。

影族 *shadowclan*

族長　**黑星**：白色大公貓，腳掌巨大黑亮。

副手　**枯毛**：深薑黃色的母貓。

巫醫　**小雲**：非常嬌小的公虎斑貓。

風族 *windclan*

族長　**一星**：棕色的公虎斑貓。

副手　**灰足**：灰色母貓。

巫醫　**吠臉**：短尾的棕色公貓。

各族成員

雷族 *thunderclan*

族長　火星：薑黃色公貓，火焰色的斑紋。
副手　棘爪：琥珀色眼睛的深棕色公虎斑貓。
巫醫　松鴉羽：灰色公虎斑貓。

戰士　（公貓，以及沒有子女的母貓）
松鼠飛：綠眼睛的深薑黃色母貓
沙暴：綠眼睛的淺薑黃色母貓。
雲尾：藍眼睛的長毛白公貓。
亮心：帶有薑黃色斑塊的白色母貓。
灰紋：長毛灰色公貓。
煤心：灰色的母虎斑貓。見習生：藤掌。
獅焰：琥珀色眼睛的金毛公虎斑貓。見習生：鴿掌。
冬青葉：綠眼睛的黑毛母貓。
波弟：棕色公貓。
薔光：深棕色母貓。
花落：背脊有深色斑紋的淺棕色母貓。
狐躍：紅毛公虎斑貓。
玫瑰瓣：深奶黃色母貓。

見習生（六個月大以上的貓，正在接受戰士訓練）
藤掌：白色母虎斑貓。
鴿掌：灰色母貓。

貓后　（正在懷孕或照顧幼貓的母貓）
罌粟霜：玳瑁色母貓。生下小櫻桃（薑黃色母貓）和小錢鼠（棕奶黃相間的公貓）。
蜜妮：銀色斑紋母貓，原本是寵物貓，和灰紋生的小貓咪有：小薔（深棕色母貓，小蜂（有黑

被遺棄的兩腳獸窩
月池
舊雷族小徑
雷族營地
空地
風族營地
斷半橋
兩腳獸地盤
馬兒地盤
轟雷路
雷族
河族
影族
風族
星族

綠葉
兩腳獸地盤
兩腳獸窩
空地
兩腳獸小徑
兩腳獸小徑
影族營地
半橋
小轟雷路
綠葉
兩腳獸地盤
半橋
小河
小島
河族營地

被遺棄的
工人小屋
採石路
礦場
兔丘林
水晶池
兔丘
域湖
兔丘馬廄場
兔丘路
樹叢
落葉林區
松樹林
沼澤
湖
小路
北

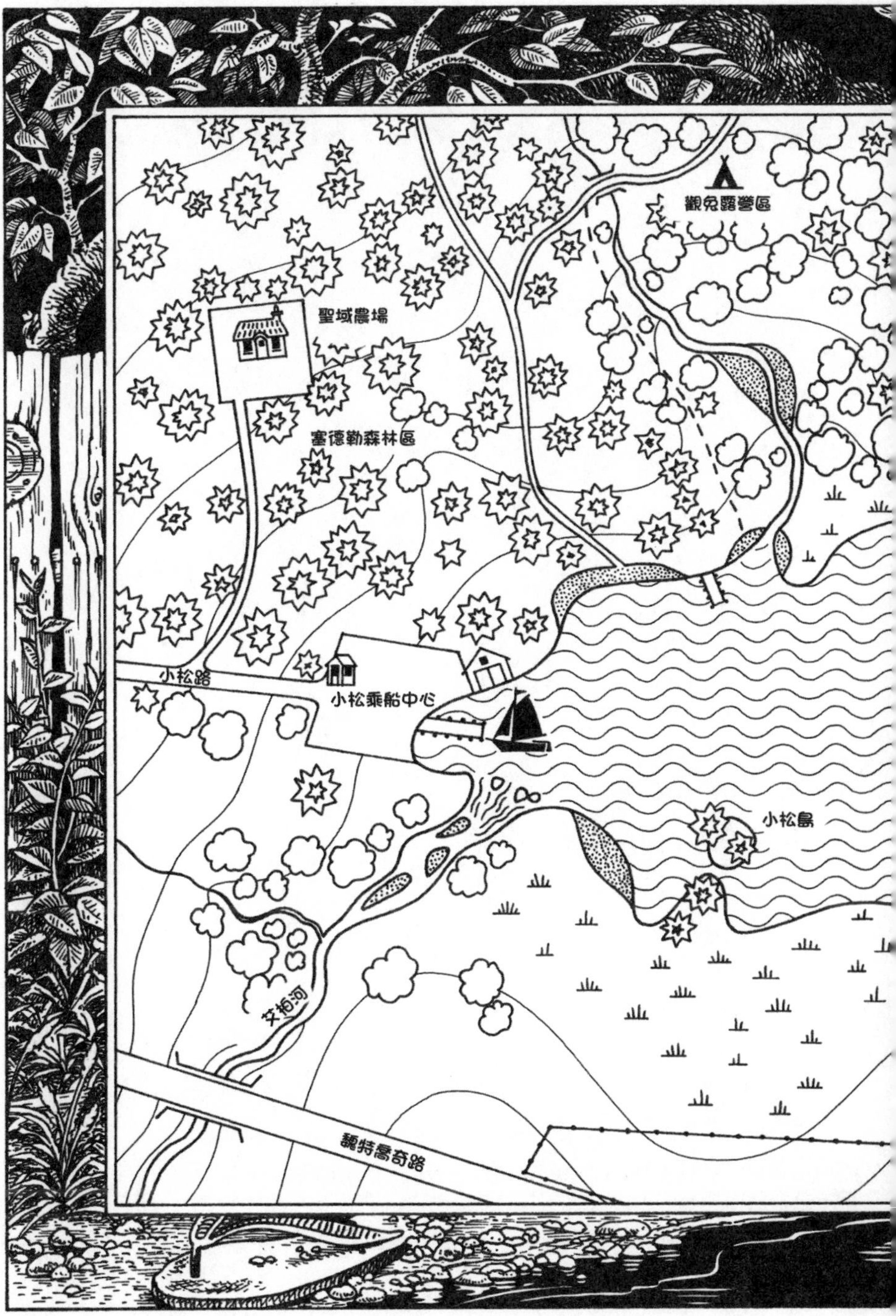
觀兔露營區
聖域農場
塞德勒森林區
小松路
小松乘船中心
小松島
艾柏河
飄特喬奇路

第一章

雷聲轟隆作響，冬青葉從沒聽過這麼響亮的雷聲。頭頂上方出現一道道裂痕，奇怪的爆裂聲充斥耳內。

天要塌了！轉瞬間她便被異常鋒利、堅硬的天空圍住，並且被重壓在地上。她感覺自己的骨頭都快被碾碎。

我不能呼吸了！她拚命掙扎，試著用爪子撕扯。可是天空太沉、太冷，她只能任由無盡的黑暗吞噬自己。

冬青葉站在懸崖邊緣，身後的山谷宛如一張飢腸轆轆的嘴正在打哈欠。嘶嘶聲鳴的橘色火焰充斥空氣中，煙霧瀰漫。冬青葉的手足，獅焰和松鴉羽蜷伏著，緊貼在她身旁。她感覺得出來他們倆都在發抖。

在他們面前，灰毛站在一根能使他們脫離火海的樹枝盡頭。松鼠飛站在他旁邊，兩眼噴出憤怒的火焰。

冬青葉盯著母親，希望她能趕走阻擋去路的灰毛。

「夠了，灰毛，」松鼠飛嚇阻道，「這幾個孩子從來沒有傷害過你。你要對我怎麼樣都可以，但讓他們從火裡出來吧。」

灰毛驚訝地望著她。「妳不懂，只有這個辦法才能讓妳感受到妳在我身上造成的痛苦。妳選擇了棘爪，把我的心扯碎，不管我對妳做什麼都及不上那種痛苦。但妳的孩子……如果讓妳看著他們死，那妳就會明白我所受的痛苦了。」

松鼠飛迎上他的目光。「如果你真的想傷害我，就得另外想點更好的辦法。」松鼠飛咆哮著說。「他們不是我的孩子。」

冬青葉感覺到腳下的地面忽然塌陷。

松鼠飛不是我的母親？我不是部族貓，也不屬於戰士守則的規範。她可能是一隻無賴貓，甚至是一隻寵物貓。

冬青葉絕不能讓灰毛把松鼠飛說的真相讓四族知道，否則她和她的手足會被驅逐！而且他們至今所做的一切和對戰士守則的忠誠，都將化為烏有。

猛烈壓擠的沉默充斥冬青葉的耳朵，巨石牢牢將她壓在冰冷的地面上。她的口鼻全都是灰塵，陣陣刺痛感從腿上襲來。

我被活埋了！冬青葉掙扎著，試圖擺脫岩石的重壓。最後她的頭終於從一堆碎石中伸出來。隧道口沒有一縷光線。她被困在黑暗之中。

「救命！救救我！我被困住了！」

她停止呼喊。現在有誰可以幫她？她早就不配跟族貓一起生活。她已經脫離了那個世界：雖然就在岩石的另一邊，此刻，卻遠如月球般遙不可及的世界。她的手足和葉池都知道，是她殺了灰毛。

現在，松鴉羽和獅焰也許以為她已經命喪落石堆。

這樣或許更好，至少他們不會再來找我了。冬青葉重新閉上雙眼。

冬青葉跟蹤灰毛來到風族邊境，像追蹤獵物般悄無聲息地潛行在他身後。她把爪子縮在腳掌中，避免踩到碎石或擦過蕨葉發出聲響。

當灰毛抵達一處陡峭溼滑的河岸時，冬青葉猛地朝他飛撲而去，頭一扭往灰毛的咽喉深深地咬下。她一遍遍地告訴自己：這是唯一的辦法。

灰毛腿一軟，便掉進河裡。冬青葉向後跳開。她洗淨爪子上的血跡，任由冰冷的流水凍僵她的四肢和身體直至心臟。

我這麼做是為了我的部族。

冬青葉抖抖身體，強迫自己不再去想這些畫面。她深吸一口氣，努力將前掌往前掙脫，努力推開壓在胸口的石頭。接著，她盡可能伸展身體，開始向外移動。當她移動後腿時，忍不住嘶聲哀號。

好痛！她的腿可能斷了。冬青葉回憶起藥草儲存豐富的巫醫窩，那裡有治療骨傷的聚合草，還有能幫助她在最難受的日子裡入眠的罌粟籽。

這些東西都已經遙不可及，她提醒自己。冬青葉牙齒打顫，努力將全身脫離碎石堆，受傷的那條腿彈落地面時，令她疼痛難忍。

「偉大的星族呀，好痛。」冬青葉咆哮道。大聲說話似乎能減輕疼痛，於是她繼續大喊：「我以前來過這裡。我知道這裡還有別條路。我只要沿著這條隧道移動，直到看見亮光。加油，一步步往前爬吧。」儘管內心恐懼，儘管腿部劇痛，回憶仍如洪水般湧入腦海……

「我就是妳的母親，冬青葉……」葉池低聲說道。

冬青葉搖著頭。

不，這不是真的！巫醫不能有自己的小貓，我怎麼可能是巫醫的女兒？比當無賴貓或寵物貓更糟糕的就是自己的出生違背戰士守則。

冬青葉伸出爪子想緊緊抓住石頭。令她驚訝的是，她的爪子在掙脫時折斷了，腳掌的指尖又溼又黏。她聞到血的氣味，心想她沿著隧道爬行，一定會留下長長的血痕。要是獅焰和松鴉羽挖開碎石堆，他們就會知道她活下來了，並循著這些血跡找到她。

忽然她的前掌碰的一聲陷入石頭堆中。她痛得尖叫，轉身緊貼在石壁上。這裡太暗了，她甚至不確定自己的眼睛是否有睜開。

要是我能看到一絲光亮就好了。要是，要是，要是……

松鴉羽已經知道誰是他們的父親。「是鴉羽。」

冬青葉難以置信地盯著他，「可是……鴉羽是風族貓。但我是雷族貓。」

「黃牙進入我的夢境。」松鴉羽繼續說道，「她對我說，真相應該要大白了。」

對冬青葉來說，她擁有的一切消失了。她是混族貓？她站在隧道口，感覺石頭的氣息撫平她身上零亂的毛髮。她可以從這裡消失，去某個遠離四族的地方。她可以開始一段新的生活，擺脫所有謊言和那些遭到背棄的承諾。

冬青葉轉身奔入隧道。她聽見松鴉羽在呼喚她。

接著，雷聲響起，天崩地裂，她被一陣頭暈目眩的黑暗吞噬。

冬青葉繼續前進。呼吸，摩擦，拖行。她好幾次都想要停下來睡一下，等候星族祖靈到來。

可是星族知道她在這裡嗎？她的出身破壞了戰士守則。她殺死另一隻貓。她放棄了自己是雷族貓的身分。還會有哪個祖靈願意看顧著她嗎？當冬青葉在大集會上將祕密全都洩露出來時，星族貓都看到了嗎？

「等一等！」冬青葉跳了出來，「我有話要對大家說。」謊言太多，已經對戰士守則造成極大的破壞，她不能再保持沉默。

空地上一片鴉雀無聲，冬青葉甚至聽得到大橡樹底下，一隻老鼠從枯葉下面跑過的聲音。

「你們都以為你們認識我，」冬青葉開始說，「還有我的弟弟，獅焰和松鴉羽，你們以為認識我們，可是你們知道的全都是謊言！我們不是棘爪和松鼠飛生的。」

「什麼？」棘爪從坐著的地方突然站起來，「松鼠飛，她為什麼這樣胡言亂語？」

「棘爪，我很抱歉，但這是事實。我不是他們的親生母親，而你也不是他們的父親。」棘爪瞪著松鼠飛，「那到底誰是？」

松鼠飛把那雙悲傷的綠眼睛轉向冬青葉，長久以來她把她當成是自己的女兒。「告訴大家吧，冬青葉。這祕密我已經保守那麼久，現在我還是說不出口。」

「懦弱！」冬青葉指責松鼠飛，同時環視空地一圈，發現每一隻貓都盯著她看。「我不怕說真話！葉池是我們的母親，而鴉羽——沒錯，風族的鴉羽——就是我們的父親。」

大家驚訝得議論紛紛，冬青葉又提高了聲量，「他們以我們為恥，把我們送給別的貓，然後欺騙大家，好隱瞞他們不遵守戰士守則的事實。這一切都是她的錯，」冬青葉的尾巴轉了一圈指向葉池，「如果一個貓族的核心裡有懦夫和騙子，要怎麼延續下去？」

她的話似乎在隧道內的石壁間回響。冬青葉真想回到那時候的大集會，收回她說出的可怕真相，不讓族貓們去承受那些痛苦和震驚。

我到底做了什麼？

永無止盡的黑暗讓她的眼睛感到疼痛不安。為了搜尋任何一絲光亮她已經花費太多時間，甚至想像前方已經出現一道光線。

那是一道暗淡無比的微弱光線，就像樹梢上的乳白色黎明初來乍到的徵兆。冬青葉眨眨眼，甩甩頭，想保持視線清晰。灰色線條依然在那裡。也許是真的光線？她不顧後腿的灼熱感，加快速度，一瘸一拐地向前爬。那光線變得更加明亮。是從石壁上的一道縫隙射進來的：那是另一條更為狹小的隧道。

冬青葉拖著身子繞過轉角。究竟是她的幻覺，還是真的？出現在眼前的是洞穴石壁？她十分激動，想試著站起來，但她的後腿凹折在身體底下，瞬間有無數的星星在她的腦海中爆炸開來。她最後看到的是石頭地板迎面而來的畫面。

第二章

葉池！葉池，我口好渴。冬青葉口乾舌燥。她的喉嚨好乾，舌頭黏在她的上顎。她一定是因為發燒住進巫醫窩。葉池常常替病患準備的溼青苔在哪裡？她扭頭張望，口鼻碰到了什麼又軟又溼，有綠色氣息的東西。

冬青葉吸著苔蘚卷鬚，在吞下這難得的水滴時，試著讓臉部盡量不抽搐。沒有什麼比這水的味道更美味。

忽然，她意識到並不是只有自己一隻貓，另外一隻貓正俯身在她旁邊，將什麼東西推到她受傷的那條腿下方。

冬青葉疼得一陣嘶嘶叫。那隻貓輕聲道歉：「這些羽毛能讓妳更舒服一點。現在妳先靜靜躺著。」

冬青葉愣住。她分辨不出這隻貓的聲音或氣味。「你是誰？我在哪裡？」她開始用前掌掙扎。「讓我走。」

一隻冰涼的小掌搭上她的肩頭，輕輕地將

她推回原位。濃烈的葉片氣味正飄進她的口鼻。

「噓，沒事的。妳很安全。把這些吃掉，然後繼續睡覺。」

冬青葉任由自己被推回地面。她吞嚥著藥草：從味道判斷應該是聚合草，還有兩粒小罌粟籽。墊在傷腿下的羽毛讓她感覺柔軟溫暖。冬青葉輕嘆一口氣，閉上眼睛，立刻重新進入了夢鄉。

ϟϟϟ

冬青葉再次醒來時，感覺頭腦清醒多了，腿也只是隱隱作痛。她靜靜地躺了一會兒，讓眼睛慢慢適應周圍的光線。很顯然，這裡並不是雷族的巫醫窩。她正躺在一張鋪在寒冷石頭上的薄羽毛床鋪上。

我還在地道裡！冬青葉感到一陣放鬆，但緊接著又開始緊張。**跟她在一起的貓是誰？**冬青葉努力回憶那隻叫她繼續睡覺的貓的氣味。

此時，她的肚子開始咕嚕咕嚕叫。她發現自己是有多麼的飢餓難耐。**最近一次吃東西是什麼時候？**她試圖站起來，可後腿一瘸，她又側身倒地，內心感到一陣沮喪。

「妳醒了。」一張臉孔從黑暗中露出來，「妳的腿感覺如何？」

冬青葉撐大雙眼，漸漸地分辨出那隻貓身上有薑黃色和白色的斑點。他身上有石頭、水和苔蘚的氣味。「你是誰？」由於很久沒說話了，她的聲音變得十分沙啞。

那隻貓沒有回答她，而是用腳掌將某樣東西推到她面前。「妳一定餓壞了。快吃吧。」

新鮮獵物！冬青葉正準備低頭張嘴大吃時，愣住了。擺在她面前的是一條黏滑的小魚。

「我不喜歡吃魚。」她喵聲說。

那隻貓耳朵抽動了一下。「在這洞裡，妳沒得選擇。」

儘管他語氣平緩，卻令冬青葉感到慚愧。她的肚子又發出一陣響亮的咕嚕聲，彷彿吃什麼都會很開心，甚至是鴉食也可以。於是，冬青葉屏氣一口咬住了魚。

牠很肥美，味道像老鼠，她在內心說服自己，像有松樹氣息的松鼠，像新葉季的第一隻鴿子。

她吞下最後一口食物，又用旁邊的苔蘚喝了點水。薑黃白公貓充滿期待地看著她。「謝謝你。」冬青葉說，「我……我覺得牠味道還不錯。」

公貓仍在打量她：「妳是冬青掌，對嗎？」

她眨眨眼睛，「事實上，我已經是冬青葉。你怎麼知道？我以前沒看過你吧？」

那隻貓搖搖頭，眼神有些迷離。「對，妳從來沒見過我。但我看過妳，就在隧道河流淹水之前。當時妳和妳的手足到這裡救那些小貓。」

冬青葉盯著他。她永遠不會忘記跟松鴉羽和獅焰不顧一切搜尋失蹤的風族小貓的那段經歷。由於地下水暴漲，他們被沖出隧道，跌入湖裡。對他們來說，能夠活下來真是萬幸。沒想到眼前的這隻貓說他當時也在場。「你是誰？」她問道。

薑黃白公貓忙著替她整理墊在傷腿下的羽毛，將牠們重新擺放，均勻鋪開。「我叫落葉。」他平靜地回答。

「你不是部族貓吧？」冬青葉繼續追問，「你住哪裡？」

落葉走向一捆藥草，開始進行分類。「我曾經生活在湖區上的群山之間。不過現在，這裡就是我的家。」他轉過身，將一些藥草推向冬青葉。「把這些聚合草吃了，牠們對妳的腿有幫助。我不會再給妳罌粟籽，除非妳睡不著。」

冬青葉乖乖地咀嚼芬芳的藥草。「你是巫醫嗎？」她問道。

落葉歪頭困惑道：「我不知道那是什麼。我們全部都要學習藥草和傷病的知識，這樣我們就能互相幫助。妳指的是這個嗎？」

「差不多吧。」冬青葉覺得心跳加快，於是用前腿將身體撐起來。「其他的貓是誰？你們是部族貓的其中之一嗎？」

附近是否生活著另一群貓？另一個不為四族所知的部族？

「不要再問了。」落葉命令道，「妳現在需要休息。妳的腿沒有斷，只是扭傷了，很快就會復原的。我想，到那時妳會希望回到朋友們的身邊去。」

「不要！」冬青葉喊道，「我不能回去！永遠都不！」

落葉聳聳肩。「隨便妳。快躺下，別扭來扭去的。晚點我會給妳帶些食物來。」他收拾魚骨殘渣，轉身離去。

冬青葉看著他的背影，直到黑暗將他身影吞沒。隧道的石壁似乎更加蒼白，彷彿有更多的光線射了進來。

在聊天的時候，她能聽到自己的回音從遠處傳來。這代表她的直覺是對的，她正躺在一個洞穴入口附近。她聽不到流水聲，這代表洞裡沒有暗河。冬青葉將下巴放在腳上，閉上雙眼。她迷路又受傷，不知道為什麼是一隻陌生的貓發現她，並用食物和水幫她，還提供藥草治她的腿。他是星族派來的嗎？不然她怎麼會這麼幸運？不管如何，她想自己已經安全了，至少現在是安全的。

她睡了一會兒，醒來時發現身邊又擺了一條小魚，同時還有更換過的溼青苔和一些聚合草。洞穴的牆壁更看不清楚，應該是外面變得更黑了。到晚上了嗎？冬青葉不曉得自己在這下面已經待了多久？她離開的時候還是滿月。也許落葉能告訴她，月亮現在的形狀。

吃過魚，又咀嚼聚合草來掩蓋腥味，冬青葉試著保持清醒，希望落葉能回來。但洞裡面愈來愈暗，最後她什麼都看不見了。冬青葉打算不再等那隻奇怪的貓。她相信，到了早上，他還會再來。

當她醒來正半坐著清理胸口時，落葉回來了。他還帶來某種看起來比魚還大且毛茸茸的東西。冬青葉驚訝道：「哇，你抓到老鼠耶！」

落葉將獵物放在她的腳邊，臉上洋溢著勝利的光芒。「我聽到牠爬進了一條隧道。」他解釋道，「希望妳會喜歡。」

「我很喜歡。」冬青葉說，「謝謝你。」她將身子往前傾，咬了一口，然後抬頭問：「肉很多，你要吃一點嗎？」

落葉搖搖頭。「不，都是妳的。」冬青葉進食的時候，他輕輕地碰了碰她受傷的那條腿。「復原狀況看起來不錯，妳感覺如何？」

冬青葉點點頭，滿嘴食物含糊地說：「現在能彎了，動的時候也不那麼痛。」

「吃完東西，妳可以試著走路看看。」落葉鼓勵她說，「別走太遠。妳得在肌肉萎縮以前，開始進行訓練。」

冬青葉吃驚地抽動耳朵。落葉的語氣就像是巫醫一樣。他肯定來自某個部族。也許是某個跟四族十分相近的地方，就像急水部落。她一邊吞嚥食物，一邊問：「你是部落貓嗎？從山區來的？」

落葉面無表情地盯著她。「現在這裡就是我家。」他回答道，「沒有其他地方。」

冬青葉打了個冷顫，彷彿有一隻冰冷的腳掌劃過她的背脊。落葉的語氣中隱藏著無比孤獨與絕望，令她難以想像。她站起身，推開剩下的老鼠耳朵和尾巴。「我該在哪裡走？」

「不要太勉強。」落葉叮嚀她，「今天只要走幾步就行了。」

冬青葉試著用前腿將自己支撐起來。一陣刺痛感從她受傷的腿上傳來，但她深吸一口氣，堅持將腳掌輕放在地。猶豫了一下，她往前邁出一步。儘管後腿感覺相當虛弱，跟身體的其他部位似乎連接得不是很好，但仍然能撐得住。

冬青葉一瘸一拐地走向光源更好的地方。隧道的石壁朝兩側展開，形成一個小洞穴，大概有六條狐狸尾巴距離的寬。頂端有一個放射出閃耀光芒的小洞，亮得讓冬青葉不由得瞇眼觀看。

落葉跟了上來，在她身邊站定說道：「今天太陽真耀眼。」

冬青葉轉頭看他：「你出去過嗎？你怎麼能一直在這裡生活？」

落葉撇開頭。「這裡就是我家。」他又重複說了一次，「好了，妳現在能回到妳的窩了嗎？」

冬青葉開始沿著隧道往回走。沒辦法走太遠讓她有些懊惱。當她一走到那堆凹陷的羽毛旁時，後腿開始變得很疼，她如釋重負地躺臥在地。

「明天妳再繼續練習吧。」落葉說道。他似乎能看出她很疼痛。「現在好好休息一下。」他轉身打算離開，但冬青葉伸出腳掌阻止他。「等等！我討厭獨自待在這。你能留下來陪我說說話嗎？」

落葉用嚴肅的藍眼看著她。「休息吧。」他喵聲說，「這樣妳的腿才能復原得更快。晚點我再來看妳。」

他離開了。冬青葉倒在羽毛中，希望自己的腿能快點好起來。她想逃離雷族。可是在黑暗中過日子，依賴另一隻貓提供食物和水的生活，不是她想要的。

第三章

冬青葉站穩四肢，在洞穴裡來回行走。一縷微弱的陽光將溫暖投射到她的身上。

「看到了嗎？」她挑釁的對坐在入口處的落葉說，「好得跟往常一樣。」

冬青葉終於不再一瘸一拐地走路了，她感覺像是過了好幾季，但落葉向她保證月亮還沒有重新變圓。他堅持讓她在洞裡練習走路，繞圈圈繞到她感覺頭暈為止。

大多數的白天和夜晚他會讓她獨自待著。她真的十分幸運，但她不能再依賴落葉幫助她了。

落葉走上前，嗅聞她的腿。「如果妳說不會痛是事實的話，那妳的腿應該已經痊癒了。」

「我說的當然是事實。」冬青葉不滿地說。他怎麼能懷疑自己撒謊？事實曾是世界上最重要的事。可當她在大集會上透露出那個天大的祕密時，事實給她的感覺似乎並非如此。

冬青葉不想再回憶松鼠飛那張恐懼的面孔。「我們現在能去探險嗎？」她問道。

落葉用爪子在地面畫了一道線。「妳是想知道出去的路？」

「不是。」冬青葉大聲說，「我是希望你帶我參觀你的窩。有河流的洞穴在哪裡？隧道延伸的路有多長？」

薑黃白公貓驚訝地望著她：「妳真的想知道？大部分的貓只希望趕快離開這裡。」他的眼神中充滿痛苦。

冬青葉忽然對他產生了一種同情。「我沒有其他的地方可以去。」她輕柔地喵聲道，「你是我的好朋友，落葉。我現在怎麼可能會離開你？」

落葉帶冬青葉順著洞穴遠端一條狹窄的隧道走。濃厚的黑暗像流水般刷過冬青葉的毛髮，腳下的地面可以感覺到光滑清冷。她的鬍鬚末端刷過身體兩側的石壁，這是她對外界唯一的感知。一開始，她動作過大，立即撞到兩旁的石壁，但很快她就學會在鬍鬚感到刺痛時，輕輕移動頭部。

「前面的隧道會更寬敞。」落葉扭頭說道。他一定察覺到她在石壁間跌跌撞撞。

冬青葉發現自己已經能在昏暗的陰影中看到同伴的輪廓。隧道那頭的水流聲迴響並不激烈，而是一種柔和的潺潺流水聲，那肯定是地下河。

冬青葉開始邁步小跑，從落葉身旁擠過去，衝進巨大的洞穴之中。洞穴中充滿了明亮的光，對長時間身陷黑暗的冬青葉來說，這裡令她感到熟悉和親切，就像石頭山谷中她的窩一樣。一條河流在她面前，安詳平和地流於石岸之間，石壁高處是獅焰曾站過的位置。

「妳的手足和那隻母貓在那裡玩過。」落葉走上前來，站在她身邊說道。

他是指獅焰和石楠尾。

冬青葉心裡湧上一股不安。落葉對部族的印象會是建立在違背戰士守則，躲過眾貓視線的貓身上嗎？為了轉移話題，她朝河流對岸的隧道用頭點了點。「那邊通往外面嗎？」一小段路程便能將她帶回雷族營地，感覺有點奇怪。

「曾經是。」落葉說，「但現在被泥石堵住了。妳還記得那邊的那條隧道嗎？妳就是在那裡發現小貓的。」

冬青葉望向那靠近河流邊緣如黑色大嘴的洞。當年他們在地底下瘋狂尋找風族失蹤的小貓時，地面上的一星和火星卻為了他們，差點發生打鬥。想到這裡，她不由得打了個冷顫。

「一旦妳習慣，隧道便不再可怕。」落葉安慰她道，「我會教妳。不過妳得先吃點東西。」他走向河邊，止住了腳步，目光停留在流逝的黑色水面上。忽然，他探出一隻前掌，將一條抖動的銀魚拍上岩石。魚兒拚命彈跳，落葉用力一擊，殺死了牠。「來吧。」他邊說邊把魚推向冬青葉。

「呃，你不吃一點嗎？」冬青葉提議道。今天又是吃魚，她有些猶豫。要是她出生在河族，現在肯定大快朵頤了。

落葉搖搖頭：「不，這條是給妳的。把牠吃完，然後我們就去探險。」

冬青葉很勉強地吞下那條魚。這次吃起來味道沒那麼糟，她喝了點河水，清涼的水令她精神一振。

落葉在隧道口的幽暗深處等她。他對她搖搖尾巴，接著小跑步隱沒於黑暗中。冬青葉緩步跟著他身後，又回頭對半明暗的洞穴看了一眼，接著也隱身在黑暗裡。

冬青葉能聽見前方的地面上傳來充滿自信的腳步聲。

「等一下就會變亮。」落葉轉頭對她說。

冬青葉開始小跑步，她很高興地發現這樣能讓身體暖和起來。忽然，她的鼻子碰觸到某種柔軟的東西。她急忙放慢速度，避免撞上落葉的屁股。她聞了一聞，想緊跟他的氣味，卻只聞到寒冷潮溼的石頭氣味。

難道落葉在隧道中生活太久，氣味已經被周圍的環境同化了嗎？

落葉加速奔跑，冬青葉緊隨在後。隧道的石壁從陰暗處漸漸顯露出來，冬青葉已經能看清前方那隻貓的輪廓。她不清楚光線從何而來，但她終於可以不必時時低頭查看落腳處的情況了。她知道地面很光滑也很平坦。直到現在也沒有一塊鬆動的鵝卵石將她絆倒，沒有任何鋒利的尖角會刺到她。

落葉轉頭看她，眼神中閃爍著半明半滅的光。「妳能再走更快嗎？」他想挑戰她。

「沒問題！」冬青葉回答。受傷的那條腿已經完全不會痛了，她可以開始訓練那些太久沒用到的肌肉。

沒等她喘口氣，落葉便急速朝前奔跑。他那薑黃白的毛色幾乎瞬間便被黑暗所吞沒。

這次冬青葉不假思索地跟了上去。她抖動鬍鬚，努力感受兩側石壁，將重心壓低，貼近地面，以便能夠在地面上及時做出各種調整。

地勢變得陡峭下斜，於是冬青葉將重心後移，落在後腿上。她的前掌幾乎只能用來探路，平衡則靠臀部保持。

過沒多久，她的後腿開始疼痛，此時隧道又變得平坦，冬青葉再度全速飛奔。她聽到落葉就在前方，並從他的腳步聲中判斷出隧道彎曲或傾斜的路況。

當他們衝入一個透過頂端縫隙灑滿陽光的小洞穴時，冬青葉幾乎感到有些失望。兩隻貓停下來，喘息了一陣。

「真有趣！」冬青葉上氣不接下氣地說。

「妳跑得很不錯。」落葉讚賞地喵聲道。

「謝謝。」冬青葉四處打量，「我們在哪裡？我是說從外面地形來看的話？」

「我們到了山的另一面。」落葉解釋道，「那邊的隧道，」他朝石壁上的一道缺口點了點頭，「通往外邊。你只需在遇到分叉口時循著樹木的氣味前進就可以了。」

冬青葉仰頭凝視著洞穴頂端。尖尖的岩石倒掛在上面，並且布滿著各種紋路。每個石尖上都掛著一滴水。她不知道頭頂上方是誰的領地，也不知道這裡是否已經超過了四族邊界。只要一想到這樣的洞穴和蜿蜒的長隧道一直都在自己的腳下，她就有種奇妙的感覺。

「我們該回去了。」落葉說，「妳不能再把腿弄傷。走吧，從另一條路回去。」

冬青葉正要抗議自己的腿已經沒事了。落葉卻已埋頭進入另一條隧道。

「嘿，等等我！」冬青葉打趣地叫道。她衝入黑暗，伸長脖子直到口鼻撞上涼涼的毛髮。

「抓到你了。」她笑道。

落葉也愉悅地回應：「我們走這。」語畢，他大步往前衝去。

冬青葉向前一躍，腳掌落在一塊鬆動的石頭上，差點滑倒。她重新找回平衡，停下來仔細聽落葉的腳步聲，有十分微弱的聲響從隧道前方某處傳來。冬青葉奔跑往前追，但差點撞上一堵牆。她只專注於腳步聲，而忽略了其他東西。

她停下來，晃晃腦袋，集中精神。她用腳掌將鬍鬚順直，開始沿著隧道小跑步。她能清楚地聽到落葉發出的聲響。一陣風吹到她臉上，這代表有一條隧道通往側邊。冬青葉本能轉頭去看，但周圍太黑了，她什麼也看不出來。

她抑制著緊張的心情，在側邊隧道口的空地上聞了一聞。沒有體溫或毛髮的蹤跡，也沒有足跡表示落葉走了這條道。那他是沿著主隧道繼續前進嗎？

冬青葉豎起耳朵。周圍一片寂靜，靜得像水充滿她的耳朵一樣。她強迫自己繼續前行。當聽到一陣極其微弱的腳步聲時，她嚇了一跳。她停下來側耳傾聽。那腳步聲也停住。儘管看不到，她還是低頭看了自己的腳掌一眼。

鼠腦袋！

她聽見的一直是自己腳步的回聲。她已澈底陷入黑暗裡。

她的喉嚨中想湧上一陣哀鳴，但她努力將這感覺吞下去，渾身的毛髮豎立起來，覺得四肢也開始發抖。落葉一定會注意到她沒有跟上吧。或者，他認為她會找到另一條回去的路。她先前一直自信地跟在他身後奔跑。

她朝前邁了一小步，頭撞在岩石上。她頭暈目眩，趕緊朝旁邊跳去，沒想到肩膀又撞上側邊的石壁。是隧道變窄了嗎？石壁正要往她逼近，將她壓到灰飛煙滅嗎？

「冬青葉。」突如其來的輕聲呼喚，嚇得冬青葉打了個顫抖。「妳還好吧？」落葉問道。他向她走近，直到可以用口鼻碰到她的耳朵。「怎麼了？」

「我不知道你去哪裡了。」冬青葉脫口而出。「這裡太暗了。我以為我能聽到你，可是其實我聽到的只是我自己的腳步聲。然後，我撞到牆。我以為你丟下我不管了。」

「我永遠不會那樣做的，我向妳保證。」落葉在她耳邊低語道，「在這下面，妳永遠不會迷失，因為妳有我。走吧，我帶妳回去。」

落葉緊靠在冬青葉身旁，帶領她在隧道中前進。他放慢腳步，以照顧旁邊一瘸一拐的冬青葉。他們涉水穿過河流，進入隧道，回到冬青葉的窩所在的洞穴。冬青葉頓時癱倒在羽毛堆中，感激地任由羽毛的溫暖撫慰她冰冷的毛髮。她的腿陣陣抽痛。

落葉將一些罌粟籽推向她。「把這些吃了。這些會幫助妳入睡。」語畢，他轉身離去，冬青葉卻抬起頭來。

「你今晚能留在這裡嗎？」她喵聲問，「我不想再獨自留在黑暗中。只要我挪一挪，我的臥鋪還有空位。」

落葉猶豫了一下，然後踏入鋪好羽毛的臥鋪中。「好吧，就陪妳一晚。」他說著，有些尷尬地在她身旁蜷縮起來。

冬青葉扭動身子，騰出更多空間給他。罌粟籽發揮效用，她感覺到眼皮開始沉重。她舒展筋骨，直至身體貼到落葉的身側。一時間，她似乎回到了山谷，在跟煤心分享自己的臥鋪。她開始進入夢鄉，呼吸漸漸沉重起來。

正當幽暗要覆蓋她腦海以前，她不禁一縮。

我為什麼感覺這麼冷？完全沒有溫暖從落葉身上傳來。生活在地下真的已經令他寒徹骨髓了嗎？

第四章

「欸，醒醒。該黎明巡邏了。」

冬青葉翻了個身，用一隻腳掌揉揉眼睛。落葉正低頭看她，尾巴高高地卷在背上。「快點，瞌睡蟲。」他開玩笑道。

冬青葉爬起來。她夢到自己回到了雷族，正在追逐一隻松鼠。她追得愈近，松鼠就變得愈小。正當她伸出爪子去抓時，那隻松鼠澈底消失了。

她的目光越過落葉，投向斜射進入隧道的淡黃色光芒。冬青葉把頭歪向一邊。她在這裡已經幾個月了？至少也有三四個月吧。落葉季一定已經滲透外面的樹林、將樹木染成金色和紅色。

冬青葉不知道地道裡是否會變得更冷。她用腳推了推自己的臥鋪。她必須找到更多羽毛才行。

落葉從她身邊小跑著離開。「今天我去檢查高沼隧道。」他回過頭說，「妳去檢查樹林通道。」

他已經為兩條不會通往雷族營地的主要隧道命名。他們從不進入那些通往雷族的隧道，也不會大聲討論任何事情。

冬青葉明白，落葉是在盡可能分散她的注意力，讓她不去想原來的家。她既然選擇了留下來跟他在一起，他肯定希望這樣吧？她向他描述部族的日常生活，例如邊界、狩獵巡邏、見習生和戰士的命名儀式等，於是他建議在這下面也同樣如此。

現在，每一天都會以對出口隧道的巡邏為開始（倒不是因為他們在空蕩蕩的石頭路上發現過什麼），接著便到地下河裡去捕魚。冬青葉已經學會用爪子鉤魚，動作幾乎跟落葉一樣熟練。她也漸漸習慣那股濃烈的溼氣。

現在的她可以信心滿滿地在黑暗中奔跑，利用鬍鬚探測最微弱的氣流，收集河水流逝的微小聲音來確定自己所處的位置。

進行巡邏時，她一走到出口會透射光線的地方便會畏縮不前，彷彿再向前一步，腳底便會燃燒。此刻的她已屬於陰暗，在躲避陽光和林間的風聲。

冬青葉打了個冷顫。她有棲身之處、食物和同伴。在自己做過那些事情後，還能擁有這一切，她應該知足。比起之前的族貓，落葉提出的要求少得多。他會讓她吃掉他們一起抓的魚，他也不會長時間待在她身邊，讓她厭煩。

事實上，他經常讓她獨處，尤其是在晚上。冬青葉很好奇他睡在哪裡。她覺得到目前為止，她已經探查過這裡所有的隧道，卻從未發現有另一個巢穴的存在。

「走吧。」落葉的聲音在隧道中迴盪。冬青葉奔跑前行，在河流洞穴追上他。他們並肩而站，俯瞰水面。今天的河水更湍急，一朵朵小波浪拍打在石頭河的兩岸。

「傍晚下了點雨。」落葉解釋說。

冬青葉頓時警覺起來：「河流會漲水嗎？」

落葉搖搖頭：「還不會。」他走到一個角落，然後用口鼻推著一塊大平石回到原處。他將石頭推放在被潑散浪花浸溼的邊緣。「我們將它作為標記，看看河水還會不會上漲。」

冬青葉用腳掌拂過那塊石頭。它很光滑，簡直像是一枚雞蛋。「這真是個好主意。」她喵聲說。

「這是利爪們教我的。」落葉說，「那是我剛到這時的事了。」

冬青葉猛地抬頭望著他。落葉曾經跟她提起過一次，說他正在接受訓練要成為一名利爪時在隧道中迷路了。聽起來利爪似乎跟部族戰士是一樣的。他不跟她談論他的部族或部落，或任何生活方式。

「如果你現在回去，」她輕柔地說，「你一定會成為一名偉大的利爪。也許你曾經迷失過，但現在你比任何一隻貓都瞭解這些隧道。如果說尋找穿越隧道的路徑，是為了讓你變得強壯、勇敢和獨立，那你已經做到了。你會成為一名英雄。」

落葉像看到一隻瘋貓般盯著她。「回去？」他嘶吼道，「我沒辦法回去！難道妳不明白嗎？已經來不及了。」他痛苦得渾身顫抖，轉身跑進通往風族的隧道，也就是那條高沼隧道。

「等等！」冬青葉邊叫邊追了過去。但她在河流洞穴的邊緣停下了步伐。她現在滿腦子都是想要落葉回答的問題，但她又不願令他感到更加煩亂。

忽然，她的腦海中閃過一個念頭。也許她並非是唯一一隻試圖逃離某個可怕祕密的貓。她從未把發生在灰毛身上的事情告訴過落葉。也許她和這位新朋友之間，還有難以想像的共同點。

她轉身奔過洞穴。樹林通道的入口在河流的另一側，今天得跳得更遠才能越過河岸。冬青葉大吼一聲起跳，但她的後腿仍然落入了水面邊緣，溼得腹部全是冰冷的水珠。

一進入隧道，她便開始奔跑，以便讓自己暖和起來。

隨著她離入口愈來愈近，身體兩側粗糙的灰色石壁也漸漸顯現。風直接灌入隧道，枯葉和僵草的氣味隨之充滿冬青葉的口鼻。她繼續緩步靠近隧道口，直至光線落到腳面。她抬起一隻腳，驚訝地望著腳墊。由於持續數月在石頭上奔跑，她的腳墊已經變得蒼白堅韌。

忽然間，冬青葉渴望用腳去感受柔軟、翠綠的草地，渴望去仰望頭頂寬廣無堰、充滿光線的天空。她覺得自己就像漂浮在河流中的一根樹枝，正被一股力量拉向隧道口。她要去外面！

光線變得更加強烈，冬青葉不得不瞇著眼睛。

今天並非陽光燦爛的日子，光線顯得有些蒼白而清冷。但這是很久以來，她經歷過的最明亮的時刻。通往隧道的入口處是一片炫目的光圈，刺得她眼睛生疼，難以直視。

忽然，一陣嘎吱聲從亮光那邊傳來，是枝條被重重的腳掌踩到的聲音。接著，一連串混雜著高音的吠聲湧入隧道。喧囂聲充斥冬青葉耳中，迫使她退縮。她已習慣隧道中凝重的沉寂。

她緊縮在石壁邊，驚慌得不知道該往哪裡跑。洞口又傳來一陣腳步聲，一個巨大的黑色身影從光亮中衝了進來。與此同時，一股惡臭湧入冬青葉的鼻腔。

是狐狸！

她嚇得動彈不得。入侵者撞到她，又彈回對面的石壁上，接著轉身盯著牠進來時的路，完全沒注意到瑟縮在角落裡的冬青葉。

一顆腦袋探進隧道入口的光圈中。一條粉紅色的舌頭從流口水的嘴巴中垂下來，黃色的眼睛兩側是垂著的巨大耳朵。

狐狸發出一聲吠叫，開始往回爬，將冬青葉擠得貼在隧道的石壁上。她屏住呼吸，嚇得差點暈倒。

入口處的那條狗怒號著，朝裡面逼近了一步。狗兒遮擋了光線，身形也隨即消失。

冬青葉能看到的只有牠壯碩肩膀的輪廓。狐狸蹲伏下來，幾撮毛髮塞進冬青葉的鼻子，令她奇癢難耐。她很想打個噴嚏，但卻不能冒著被發現的風險。

外邊傳來一聲叫喊，是深沉的兩腳獸聲音，牠似乎生氣地提高音量。狗的耳朵抖了抖。過了一會兒，朝後退去。

冬青葉斜眼偷看，發現兩腳獸用一隻肥大的粉色手掌抓住了狗的項圈。狗被拖曳了出去。嘴裡發出嗚嗚聲。

狐狸放鬆下來，讓冬青葉剛好有空間可以悄悄溜走。牠是隻小狐狸，個頭不比她大，毛髮間還帶有母乳和巢穴泥土的氣味。

忽然，冬青葉聽到一陣急切的低語。「出什麼事了?妳還好吧?」落葉就站在隧道拐角那邊。她奔向他。半明半暗中，落葉的雙眼閃爍著月亮般的光輝。

「小心！」冬青葉小聲吼道，「我身後有一隻狐狸。快跑！」

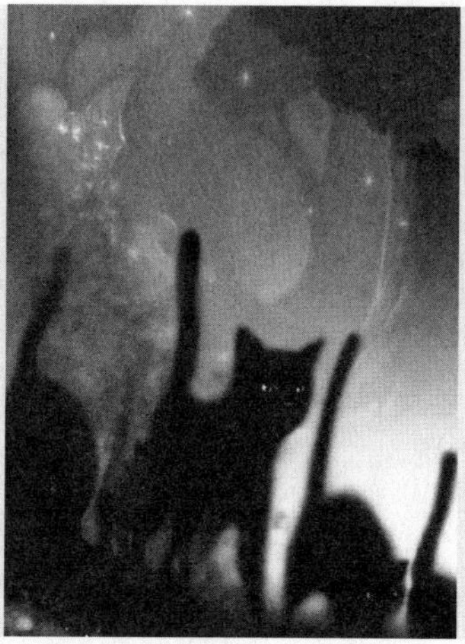

第五章

冬青葉將口鼻藏在尾巴下面，試圖遮住順著隧道飄到她窩旁的那些氣味。

小狐狸仍在地下的某處正在黑暗中嗚咽聲。牠為什麼不離開？是害怕那條狗還在等牠嗎？

冬青葉嗅了嗅，扭動身子往羽毛堆裡擠。尖銳的哀號聲彷彿能洞穿一切，彷彿荊刺般刺著她的心。

冬青葉忍不住坐起來。

看在星族的份上，閉上嘴吧！

她是不可能在這種吵雜的環境下睡著的。她從臥舖裡跳出來，沿著隧道走向河流洞穴。那裡灑滿如水滴般的淺灰色星光。

落葉正坐在水邊。

「你聽到那隻狐狸的聲音了嗎？」冬青葉氣惱地問。

落葉聳聳肩：「牠最後會找到出去的路的。」

「牠害我睡不著。」冬青葉抱怨道。**落葉都不睡覺的嗎？**

狐狸發出一陣響亮的哀鳴，好像牠能聽到他們的對話似的。

冬青葉心裡忽然湧起一絲同情。她清楚在黑暗中迷失和受到驚嚇的感受。「或許我該去找牠。」她嘟囔著。

落葉驚訝地盯著她：「那是一隻狐狸。」

「牠還小。」她反駁道，「你不會把一隻小狐狸丟在這下面吧？」

「但牠必須是不吃我的小狐狸。」落葉也反駁道。

「對這隻小狐狸而言，我太大了，牠一口也吃不下。」冬青葉安慰他，同時心裡也希望自己的想法是正確的。

那隻狐狸身上有強烈的奶味，這意味著牠也許還沒有到吃新鮮獵物的年紀。當然，被狗追到洞裡來的小傢伙，也沒有注意到自己當時就坐在獵物身上。

她抖抖毛髮，凝視著樹林通道。

「妳該不會真的想去找牠吧？」落葉顯得十分驚訝。

「是的，如果這意味著能讓我安穩睡上一會兒的話，我就要去。」冬青葉說，「要是天亮前我還沒回來，你就來接我，好嗎？」她半開玩笑地補充道。

「當然。」落葉嚴肅地回答。

黑暗比平日裡顯得更加濃密，冬青葉努力壓抑著想轉頭逃回河流洞穴的念頭。

小狐狸的嗚咽在石壁間迴響，搞得她暈頭轉向。這裡有一個缺口通向另一條隧道。小狐狸會不會從這邊走了呢？她靜靜聽了一會兒。有種細微的摩擦聲，像是柔軟的腳墊在石頭上拖行的聲響。要是狐狸真的是從這邊走，那牠確實是被困住，因為這條特別的隧道會愈來愈窄，直到最後忽然被崩塌的岩石阻斷。這也代表如果冬青葉想尋找小狐狸，她自己也有可能陷入一條死胡同。

冬青葉做了個深呼吸，邁步鑽進隧道，幾乎在同一時間狐狸發出一聲尖叫，彷彿聽到她正在靠近。

「別害怕，沒事的。我不會傷害你。」冬青葉朝黑暗中呼喊。

一陣急促的刮擦聲伴隨著屬於狐狸的恐懼氣味穿透隧道，朝她湧來。冬青葉提醒自己這只是一隻受到驚嚇的迷路小狐狸而已，所以她根本不會有任何危險。她繼續靠近。「安靜，別害怕。」她輕聲說

刮擦聲停止了。冬青葉猜測狐狸已經沒有退路，正緊靠著崩塌的岩石。牠正在發出非常微弱的哀鳴。

「可憐的小傢伙。」冬青葉像是在安慰一隻小貓，「你迷路了嗎？」

她又朝前邁出一步，口鼻碰上了味道強烈的柔軟毛髮。冬青葉抑制住噁心感，梳了梳牠的毛髮。狐狸身子一緊，僵硬得像塊岩石。冬青葉繼續梳牠，牠才漸漸放鬆下來。

冬青葉覺得自己的膽子大了些，她猜測的小狐狸腦袋所在的位置，靠近了牠。她的鼻子碰

到一隻羽毛般柔軟的耳朵。

「沒事了，你現在安全了。」她噓聲安慰道。

小狐狸的頭低下來，最後竟然靠在冬青葉的胸口。牠將下巴埋在冬青葉前掌間時，鬍鬚扎得她微微發癢，她用自己的身體盡可能地將小狐狸圍住。她能感受到小傢伙呼吸慢慢變緩，變得愈來愈平穩。

「睡吧，小傢伙。」她輕言細語地說。她緊緊貼住身旁寒冷的毛髮，希望能把自己的溫度傳遞一些給對方。

她心想，過去的族貓中，不會有誰相信她竟會睡在一隻狐狸身旁吧。但現在她已經不再屬於部族了。這隻年幼的小狐狸需要她，就像小貓需要母親一樣。

冬青葉調整姿勢，好讓自己的頭放得更加舒服。然後，她閉上了眼睛。

⚡⚡⚡

什麼東西弄疼了她的前腳。冬青葉慢慢醒了過來。是落葉在咬她，提醒她要注意什麼嗎？

冬青葉在灰暗的光線下睜開眼睛，一個身影顯現在她面前。當她低頭望向自己的腿時，發現細小的白牙嵌入了她的皮毛。

「唉呦！」她慘叫一聲，掙脫開來。

小狐狸歪著腦袋看著她：「嗷嗷。」

冬青葉朝後退去。小狐狸的個頭比她印象中的要大，肩部足足有她的兩倍寬。牠的牙齒雖然小，但毫無疑問的鋒利。

「乖。」她說著又退了一步，直到保持在安全距離以外。「我送你走出這條隧道吧。」狐狸忽地站了起來，塞滿整個空間。冬青葉急忙做好準備。這隻小狐狸好像沒有把她當作獵物。事實上，牠似乎想要玩耍。小狐狸又尖銳地吠叫一聲，用前腿彈跳著。

冬青葉轉身急忙張望。任由一隻狐狸跟在自己身後，這完全違背她的本性，因為此刻的她覺得像在被追逐。不是追逐，是跟隨，她堅定地告訴自己。「走吧。」

她在前方幾步外帶路，狐狸跟在後面跑，然後又停下來哀鳴。冬青葉望著前方的隧道。與這邊隧道裡暗淡的光線相比，那裡看起來漆黑一片。

「沒事的。」她告訴小狐狸，「我保證，這是出去的路。」她邁步進入陰影中，可是狐狸卻待在原地。冬青葉聽見喀的一聲輕響，意識到是小狐狸坐了下來。她輕嘆口氣，轉過身，擠到牠旁邊。

「起來。」她用口鼻拱著小狐狸的身側，催促道，「你不能待在這裡。」又用腳掌去戳狐狸的臀部。

狐狸尖叫一聲跳了起來。

冬青葉又用鼻子推了牠一下。「走吧，我就在你身邊。」小狐狸小心翼翼地朝前邁了一步。冬青葉緊靠著牠，貼在牠身旁。「很好。」

他們倆沿著隧道緩步前進。

當他們抵達與樹林通道的連接隧道時，狐狸又一動不動地停了下來。冬青葉連推帶擠地鼓勵牠轉彎，牠卻紋風不動，直到外面的微風吹向他們臉上時，狐狸發出一聲愉悅的呼喊，開始小跑步。牠過於自信，沒料到一頭撞在對面的石壁上，撲通一聲坐在地上，嗚咽起來。

冬青葉跑上前，舔著狐狸的口鼻。她沒聞到任何血腥的氣味，猜測小傢伙並沒有受重傷。

「你這個小笨蛋。」她責備道，「在你能看到之前，待在我旁邊，好嗎？」

她很清楚，狐狸無法理解她在說什麼。但他們在隧道內轉彎時，牠真的走得更慢了。灰色的光線在他們前方顯現，一如既往地令冬青葉兩眼刺痛。

狐狸一邊瞪眼朝後退，一邊抬起一隻前掌遮住眼睛。

「這是因為你在黑暗中待了一陣子。」冬青葉向牠解釋，「繼續前進。你離出口很近了。」

她探過頭，舔了舔小狐狸的耳朵，腦海中忽然浮現松鼠飛這樣梳理自己時的情景。她曾經掉進一個水坑，松鼠飛迅速地將她帶回育兒室，把她梳理乾淨。她的母親。一時間，冬青葉十分想念松鼠飛，感到無比心痛。

狐狸蹦蹦跳跳地小跑前進。當眼睛漸漸適應光線後，牠開始加速。冬青葉留在後面，壓抑住衝上前去，繼續靠著牠的溫暖毛髮的衝動。小狐狸不屬於這裡。牠得回到母親身邊，回到樹林裡牠們的巢穴中。

忽然，小狐狸在入口處停了下來。牠回頭望向冬青葉，發出一聲疑問的叫喊。

冬青葉搖了搖頭。「我不能和你一起去，小傢伙。這裡是我的家。」這句話說出來時，她感到喉嚨梗塞。

一聲巨大的吠叫從隧道入口那一邊傳來。小狐狸迅速轉頭，同時豎起耳朵。牠先是輕叫了一聲，接著發出另一聲吠叫，確信而歡快。

「那是你的母親，對嗎？」冬青葉低聲說。

小狐狸朝前猛衝，消失在白色的光圈中。

冬青葉沿著隧道匍匐前進，直到能看見外面的樹木。隧道通向一片跟雷族領地十分相似的樹林。這裡有各種不同的樹木和茂密的灌木叢。

光線衝擊著冬青葉的眼睛，她盡可能瞇著雙眼，耳邊裡響起樹葉的沙沙聲，鳥兒的鳴叫聲，以及小狐狸和母親奔向彼此的重重腳步聲。

冬青葉眨眨眼睛，注視著牠們倆撞倒在一起，黃褐色的毛髮滾作一團。小狐狸接連發出幾聲興奮的吠叫。牠的母親圍著牠繞來繞去，嗅著牠的每一寸皮毛。

「你現在安全了。」冬青葉喃喃自語，盡力不去理會心中的那股悲傷。「你回到了屬於你的地方。」

小狐狸抵住母親肚子找奶喝的場景，跟冬青葉與同胞手足在瀰漫著鮮美食物氣息的雷族育兒室裡，他們相擁扭動的畫面混雜在一起。

在知道真相以前，我很快樂，她心想。可現在，那種生活已經成為過去。

第六章

樹林裡已經迎來落葉季，地面覆蓋著一層紅色和橙色的乾枯樹葉。

冬青葉從隧道口朝外張望時，一棵山毛櫸上的一些葉片，在微風中飄搖著落向地面。

「妳在找小狐狸嗎？」身後傳來一個聲音，嚇了冬青葉一跳。

冬青葉轉過身，內疚得連皮毛都感到刺痛。「落葉。你在這裡多久了？」

「久得足以看出妳有多想到外面去。」薑黃白公貓說。

冬青葉往旁邊挪了挪，好讓他也能走到入口，站在自己身邊。可是落葉卻紋絲不動，他的腳掌仍隱藏在黑暗中。

「妳是希望小狐狸回來嗎？」落葉開玩笑地說。他的聲音在隧道內迴盪，顯得格外空洞。

「當然沒有。」冬青葉說，「我知道牠屬於外面的世界，屬於樹林。牠應該跟牠的母親在一起。」

「那妳呢?」落葉語氣溫柔地繼續發問，「妳也屬於外面的世界，應該和妳的家族待在一起嗎?」

冬青葉別開臉。「我沒有家!」她嚷嚷道。

「我們都有家。」落葉嘆了口氣。

「真的嗎?那你的家族在哪裡?」冬青葉挑釁道，「你說你是一大群貓中的一分子，可是他們都怎麼了?我從未發現有任何貓在附近生活的痕跡。」

落葉低頭盯著腳掌。「他們走了。」他小聲說。

「那我們就去找他們呀!」冬青葉提出，「他們一定會留下蹤跡的。」

令她驚訝的是，落葉的眼睛瞪得又圓又大，眼神中露出懼色。「不。我必須留在這裡。如果我離開，我母親又怎麼知道去哪裡找我?總有一天她會來找我的。我知道她一定會。」

冬青葉有些不耐煩，卻沒有顯露出來。「但我們有可能先找到她。跟我來吧，我會照顧你的。」

「我不需要照顧。」落葉嘶聲道，「我只需要留在這裡。妳想走就走，但我不能離開。」他轉過身，大步踏進黑暗中。

冬青葉望著他的背影，感覺很奇怪。他說的那些事情聽起來毫無頭緒。他的母親以前為什麼沒有來找過他?她一定看到了他進入隧道。那為什麼她不在一發現他沒有出去時，便開始找他?

但是落葉從未正面回答過這個問題。他似乎在竭盡所能地保持神祕。有時候，冬青葉甚至懷疑，他到底想不想要有其他的貓在他的地下家園陪伴他。好吧，也許她沒必要跟他一起留在這裡。

她抬起頭，任由森林的氣味籠罩她的口鼻：泥土、樹葉、松鼠，以及一隻藏在一些松樹間的野鼠發出的瞬間香味……她這是在做什麼？她原本就可以到外面生活，回到自己所屬的地方。

冬青葉拔腿追趕落葉。當她衝進河流洞穴時，他正用尾巴蓋住口鼻蜷縮在凸出的岩壁下。他並沒有睡。他的一雙眼睛睜大大的，在暗灰色的光線中閃爍。

「你救了我的命。」冬青葉在他面前一個急停，大聲說道，「我會永遠對此心存感激。不過你說得對，我需要到外面去，去吃松鼠、老鼠而不是吃魚。在那裡我能看到天空，能感受微風吹拂我的皮毛。」

「那就走呀。」落葉打斷她的話，「沒有誰規定妳必須留在這裡。」

冬青葉盯著他。難道他這麼不在意她，連挽留的意思都沒有嗎？那好，她也不需要他。

「很好。」她狠狠地說，「我只是覺得該讓你知道我要走了，免得你不知道我去了哪裡。」

落葉聳聳肩，又用尾尖掃過自己的鼻頭。

冬青葉的直覺告訴她，自己已被遺棄。她努力掩飾受傷的感覺，轉身走進樹林通道。一開始，她走得很慢，有些期望落葉會追上她，懇請她改變主意。

但身後的暗影始終悄無聲息。

⚡⚡⚡

風比冬青葉記憶中的更加寒冷。儘管她躲在最寬的樹幹後面，還是被風吹得渾身刺痛。光線漸漸減弱。每棵樹下都拖曳長長的影子。不知為何，這種黑暗卻不像隧道裡的黑暗那樣令冬青葉感到舒服，她發現自己會被每一根殘枝枯條和每一堆苔蘚絆倒。

冬青葉咬著牙，小心翼翼地鑽進一處茂密的荊棘叢。**荊棘總會這樣纏住自己的皮毛嗎？掉光葉子的樹枝總是會有沙沙的聲響嗎？**

冬青葉的耳朵裡充斥著太多聲響，以至於無法察覺任何獵物的行蹤。當她試圖朝一隻狐狸距離外注目時，視力卻異常模糊。

她不斷告訴自己，這裡跟雷族領地一樣，但事實卻完全相反。真的。沒有熟悉的氣味標記，沒有灌木中的那些路徑，也沒有貓兒們曾經出現在這裡的跡象。

冬青葉掙扎著來到荊棘叢中間，在樹幹節瘤旁繞圈，直到清理出一小塊近似圓形的空地。她抓些幹草葉，鋪了個休息的窩，然後蹲伏下來，用尾巴包覆口鼻。肚子咕嚕的叫聲讓她想起，從早晨在地下河捕獵為止，她還沒有吃過東西。

冬青葉將背脊緊靠在荊棘叢的莖杆上，真希望落葉在自己身邊。儘管他從未令她感受到任何溫暖，但他在她窩中過夜的僅僅幾夜晚上，他都非常好相處。他會不會因為讓她離開而感到難過呢？

天還沒亮冬青葉便餓得睡不著，因此而醒來。她鑽出荊棘叢、嗅聞空氣。風中帶著雨水的氣息令她打了個冷顫。多刺的巢穴沒有防水功能，因此她得找一些大樹葉，並且趕緊將牠們編織到頭頂的枝幹中間。

不過首先，她的口鼻十分僵硬，讓她實在有些力不從心。她朝前潛行，一邊輕輕邁步，一邊豎起耳朵探聽獵物發出的細微沙沙聲。她來到樹幹根部時，一片葉子動了動，一條光滑的棕色尾尖露了出來。冬青葉撲了上去，正好落在老鼠的後背。她敏捷地咬住牠的頸部，結束牠的生命。

這才是最佳的新鮮獵物味道。冬青葉蹲下來進食，每一口都令她心滿意足。她的肚子彷彿也感激地發出呼嚕聲，但幾乎與此同時也疼得發緊。冬青葉呲牙咧嘴嘶嘶叫著。她已經很久沒有吃這麼多東西了。也許她應該留一半老鼠，存在自己的新鮮獵物堆裡，等晚點的時候再吃。

她抬起頭，四下張望，尋找儲存獵物的最佳地點。接著，她聳聳肩，如果她只需要養活自己，那儲存獵物又有什麼意義呢？她可以肚子餓的時候再去狩獵進食，就像一隻無賴貓那樣。

冬青葉站起來，邁著輕快的步伐穿過樹林。她不是無賴貓，對吧？她不過是一隻沒有部族的部族貓。不是無賴貓，也不是獨行貓，也不是被星族禁令的寵物貓。這些她全都不是。

她是個凶手，一個微弱的聲音傳入她的腦海。但冬青葉垂下耳朵，不去理會。

她繼續前進，前方出現了一個上坡。冬青葉低著頭，沒有注意到樹林正逐漸變得稀疏，直到一陣風忽然徑直吹到她身上。她吃了一驚，抬頭看到自己幾乎站在一處山脊。只要再前進幾步，她便能抵達頂峰，可以俯瞰湖區，俯瞰她過去的家。

她的四肢彷彿在草地上生根。她感到自己的耳朵正竭力傾聽任何有關貓的動靜：也許是那些進行邊界巡邏的族貓，或者是正在追逐兔子的風族貓。

不過除了風吹動身後樹林的呼呼聲外，她什麼也聽不見。她幾乎想都沒想，便開始往後退。她既有些渴望聽到雷族貓的動靜，然後越過山脊，衝到他們中間的那種衝動；又有些害怕他們正在尋找自己，叫她為灰毛的死付出代價。

葉池，或者獅焰和松鴉羽現在已經把真相說出來了嗎？她是不可能知道的，因為她永遠也不能回去。

冬青葉轉過身，衝下斜坡，鑽進藏身的那片樹林。

幾天後，第一場雪到來。冬青葉睜開眼睛，發現她的荊棘窩裡充滿了奇怪的陰鬱光芒。她擠到外面，幾團閃耀的冰霜落在她頸部，驚得她尖叫起來。她氣呼呼地把冰霜推落，跳著從其他枝條下躲開。她的腳掌陷進鬆軟的雪堆裡，頓時感到冰冷刺骨。她低聲咧嘴嘶叫，跳上最近的垂落枝條，那裡只積了很淺的殘雪。腳下的苔蘚十分黏滑，但至少能讓她的四肢甩掉那些白色的東西。如果今天還能抓到任何獵物吃，那就真算幸運了：所有獵物都深藏在溫暖的落葉層下。

以前在部族裡，火星一定已經在石頭山谷外的某個洞穴裡儲存了新鮮獵物。寒冷的泥土能讓食物保持新鮮。一想到這裡，冬青葉的肚子便咕嚕咕嚕叫。她咧咧嘴，為自己不曾做更充分的準備感到氣惱。

正當她準備從樹枝上跳下去找東西吃時，她注意到樹木間有一串通往別處的腳印。這些腳印比她的大，但比路過的狗腳印小些。冬青葉的頸毛豎立起來。她不悅地嘶吼一聲。跳到雪地，湊上前仔細檢查。腳印的尺寸和形狀，以及牠們獨特的氣味都告訴她，從這裡經過的是一隻狐狸！從牠的小腳掌判斷這是一隻年輕的狐狸。這不會是幻覺吧？冬青葉好像真的辨認出了殘留的氣息。

沒錯！

是她救過的那隻小狐狸！

冬青葉心跳加速。在那一瞬間，期望看到小狐狸的興奮念頭充斥在她腦中，使她幾乎忘記還要去尋找食物。她循著蹤跡，小心翼翼地順著腳印兩側跳躍前進，以免把牠們弄亂。

足跡在樹木間蛇行，通往山脊，然後突然轉入一片茂密的松林。在雪地裡跳躍令冬青葉感到四肢疼痛，她愈往山下走，積雪就愈深，但她不想現在就放棄。

小狐狸的氣味愈來愈強烈，腳印也愈加清晰，就好像牠剛剛才從這裡走過似的。

松樹林間出現一小塊空地，積雪被踩踏過，有深深的爪印和帶有血跡的一堆羽毛。冬青葉皺著鼻頭。空氣中瀰漫著血腥味。她打量著寬大的灰色羽毛，猜測是狐狸在這裡捕殺了一隻鴿子。

冬青葉心裡忽然湧上一股自豪心，宛如她曾親自訓練過小狐狸似的。

她的身後傳來動靜，濃郁的氣味比剛才更加強烈。冬青葉轉過身，喉嚨裡冒出一陣呼嚕聲。小狐狸正坐在空地邊緣盯著她。牠的耳朵豎著，尾巴掃過雪地。這就是她的那隻狐狸！他已經長成一隻英俊的公狐狸，牠的毛髮在雪地映襯下格外顯眼，紅得宛如鴿血。

「你好！」冬青葉喵聲說，「你還記得我嗎？」

狐狸咆哮一聲，朝她撲來。要不是她及時往後躲避，她的脖子已被狐狸黃色的牙齒咬住。她撞上一棵松樹，迅速轉身沿樹幹往上爬。狐狸咬合的嘴巴離她的後腿僅有一條鬍鬚的距離。樹幹中段布滿了苔蘚，冬青葉的爪子沒能抓住樹幹，因此朝下打滑，覺得枝條戳到了她的肋骨和側腹。

小狐狸跳起來，又憤怒又興奮地叫喊著。冬青葉把爪子插進樹皮。就在她尾尖的毛髮快要被狐狸牙齒咬住時，她停止了下墜。在恐懼感的驅使下，奮力爬到最頂端的樹枝上。小狐狸在她下方氣惱地嚎叫著。

冬青葉縮在一根細細的枝條上，身體的重量使樹枝搖晃不停。她透過暗綠色的松針朝下張望，看見狐狸正繞著樹轉圈。牠當然不記得我。**我只不過是牠的獵物而已！**冬青葉把爪子嵌入樹枝，閉上眼睛，等待快要跳出胸膛的心臟漸漸平緩下來。

等她再度降開眼睛時，天已經黑了。她一定因為恐懼和逃命而筋疲力盡，才會在並不怎麼舒服的枝頭睡著了。

樹林裡很靜，她只能聞到白雪和刺鼻的松汁氣味。小狐狸早就不見了。樹梢上，閃爍的群星簇擁下，一輪皎潔的圓月浮現在天空。森林沐浴在清亮的月光中，冬青葉能一直望見山脊頂端。山的另一側，四族可能正在召開大集會。

會提到她的名字嗎？會有哪隻貓想知道她發生了什麼事嗎？冬青葉的心裡湧上一股強烈的自憐，這差點讓她從樹枝上掉落。當腳下的枝條可怕地下垂時，她回過神來，從樹幹上爬下去，回到雪地。

冬青葉感到腹部一陣劇痛。當她艱難地穿過樹林往回走時，一叢之前被雪掩蓋的藥草促使她停下腳步。身體的疼痛依然難耐，冬青葉知道這不只是飢餓：這是孤獨、後悔和悲傷。她只有一個地方可去。冬青葉抖散身上的毛髮抵禦嚴寒，邁著沉重的步伐朝山坡前行。她在破曉時分抵達目的地。

黎明照亮了大地，月光投射斑駁的樹影逐漸退去，一些鳥兒開始歌唱。冬青葉搖搖晃晃地邁出最後幾步，在入口處停了下來，大口喘息著。隧道口就在面前張開，溫暖和黑暗在迎接她。

「落葉！」她一邊呼喚，一邊走進去。「落葉，你在嗎？」

第七章

回到隧道後，冬青葉整整睡了兩天。落葉會在她短暫驚醒時帶魚給她吃，用一些她不認識的藥草治療她的發熱，從她一暴露在持續不斷的寒風中便發病了。臥鋪仍在原處，但比她印象中的更軟和，更厚實。

「我墊了更多羽毛。」落葉不好意思地承認道。「以防萬一妳會回來。」

接著，他小心地爬到她身邊，將他寒冷的軀體擁在她身旁，守著她重新入眠。

等到她再次清醒時，昏沉的頭腦清晰多了，肚子卻餓得厲害，令她焦躁不安。

黃色的光線滲入隧道，代表外面陽光普照。冬青葉獨自躺在窩裡，不過落葉似乎立刻帶著一條小魚出現了。

「來，吃了牠。」他把魚放在她身旁，催促道。

魚的味道聞起來不像樹林裡的老鼠和松鼠那般鮮美。冬青葉懷疑自己永遠不會再吃到那樣美味的食物了。但她還是聽話地吞下了小魚，感覺到力量在重新流回四肢。落葉坐在她的窩旁靜靜望著她。

「我又看到那隻小狐狸了。」冬青葉清乾淨沾在鬍鬚上的最後一點殘渣後說道。

落葉顯得很驚訝：「妳確定是同一隻嗎？」

「我肯定那就是牠的氣味。」

「牠還認識妳嗎？」落葉問。

冬青葉低頭盯著腳掌，搖搖頭。她感覺自己很愚蠢，不好意思地承認做過的事情，但心底卻希望落葉不會太嚴厲地批評她。「把我看成了一份美味多汁的獵物。」她低聲說，「我差點丟了性命。」

落葉用尾巴尖輕撫著她。冬青葉覺得自己的耳朵漸漸鬆弛下來。「很遺憾。妳救了牠的命，牠卻恩將仇報。說真的有些動物不懂感恩。」

他的語氣表明，他似乎強忍著才沒有發笑。冬青葉抬頭看見他的眼中閃爍著幽默的黠點。「我還以為牠會記得我，我實在是個鼠腦袋。」她承認道。

「有那麼一點！」落葉終於忍不住了，「妳以為會怎樣？牠會把妳帶到牠的巢穴，介紹牠母親讓妳認識？」

冬青葉聳聳肩。「我太孤單了。」她嘟囔道，「我只想有個朋友。」

落葉立刻蹲到她身邊，與她緊靠在一起。「妳本來就有朋友。」他堅定地說，「就在這裡。妳離開的日子裡我都懶得巡邏。我們要不要去查看一下隧道，以防那隻小狐狸跟蹤妳，然後再看看妳還記不記得怎麼捕魚?」

⚡⚡⚡

稍晚,洞頂開始變黑。因為奔跑在石頭上,讓冬青葉的腳掌感覺很痛。她躺在羽毛臥舖裡,覺得孤單的痛苦已經緩解。她鬆了口氣,落葉在她身旁翻身。

「妳在想什麼?」他小聲問。

「能回到這裡,我很開心。」冬青葉誠實地回答,「我想我不適合獨自生活。」

落葉舔舔她的耳朵:「我也很高興妳能回來。」

冬青葉轉頭面對著他,「你有沒有想過那些將你遺忘的貓?」

「無時無刻不在想。」落葉緩緩答道,「但太久遠了。我已經記不得那麼多事情。」

冬青葉眨眨眼睛。她也離開雷族好幾個月,卻什麼都沒有忘記。「你在隧道過了幾個季節?」

落葉聳聳肩,將頭轉開。「數也數不清。但現在想改變任何事情都為時已晚了。」

冬青葉明白,最好還是不要建議他尋找過去的家園。相反的,她換了個更加舒適的動作躺在他旁邊,「跟我聊聊你的族貓吧,你一定還記得他們。」

「我母親叫做碎影。她善良又漂亮。她……她不希望我進入隧道。我想她當時可能預感會有什麼不好的事情發生。」

「難道她無法阻止你嗎?」冬青葉問。

「如果我想成為一名利爪，她就不能阻止我。」落葉回答，「我渴望成為利爪勝於一切。」他的聲音漸漸變小。充滿痛楚和哀傷。接著他抖了抖身子。「那都是陳年舊事了。妳的母親呢？妳告訴過她要離開部族嗎？」

冬青葉開始用爪子撕扯一片羽毛。「沒有……」她咕噥道。

落葉愣住：「妳的意思是，她不知道妳在哪裡？萬一她以為妳死了怎麼辦？」

「那樣最好。」冬青葉小聲說。說這話的時候，她不清楚自己指的到底是誰：是她的生母葉池，還是撫養她長大的松鼠飛。「這事很複雜。」她坦承，「我……我有兩個母親。」

她感覺到背後的落葉豎起了耳朵。「兩個？」

「是的。我的親生母親葉池是一名巫醫。她不應該有孩子，但她卻與風族的鴉羽私奔了。她回來後，生下了我和我的兄弟。為了掩蓋自己做的事，她把我們交付給她的姊姊松鼠飛，讓她假裝是我們的母親，就連松鼠飛的伴侶棘爪都以為他是我們的父親。」

落葉沉默了一陣子，然後問道：「妳覺得松鼠飛愛你們嗎？」

「喔。愛吧。」冬青葉說，「我想她無時無刻都在關心我們，就跟育兒室的其他貓后一樣。但她對我們說謊。直到另一隻貓逼迫她時，她才把真相告訴我們。」

「那個……叫葉池的貓，對吧？她對你們好嗎？」

冬青葉嘆了口氣。「她對我們的情況總是很感興趣，我以為那是因為松鼠飛是她的姊姊。有一段時間，我曾在巫醫窩當她的見習生，可後來我決心接受訓練成為戰士。我喜歡跟她一起工作，但那不是我這輩子想做的事。」

「葉池知道妳已經瞭解真相了嗎？」落葉又問。

「是的。」冬青葉回答。當她回憶起最後一次憤怒的與巫醫對質的情況時，心頭隱隱作痛。「我……我告訴她，她應該為自己所做的一切付出生命的代價。但她卻說，最大的痛苦是活著承受這一切。」冬青葉閉上嘴，低頭看著腳邊被撕成小碎片的羽毛。

「在我看來，」落葉謹慎地說，「這兩隻貓都非常愛你們。有兩個母親肯定要比只有一個好，不是嗎？不管你來這裡前做過些什麼，她們倆一定都希望妳活著，並且安然無恙。」

「我想也是。」冬青葉承認道。她把羽毛殘片從臥舖裡丟出去。「可是她們怎能生活在這些祕密中呢？事實才是最重要的。」

「並不總是如此。」落葉說，「也許她們相信，她們所做的事情對妳和妳的手足是最好的。冬青葉，妳不能因為她們那麼愛妳而懲罰她們。」

他用腳掌拍拍她的肩膀。

冬青葉重新蜷縮身體。落葉說的很有道理，她無法否認。松鼠飛和葉池都曾愛著她。可是祕密和謊言讓一切都變得很複雜。當然，還有冬青葉為了防止灰毛說出一切而殺死了他的這個事實。

但她很快就意識到，沒有永遠被隱瞞的祕密，於是她在大集會上將它全部公開。灰毛的死變得毫無意義，冬青葉除了離開，別無選擇。

外面的天氣變得更加寒冷。地下河裡的魚愈來愈少，冬青葉開始到樹林裡狩獵，但她每次離開隧道的時間都不長。通常只能捕到一隻老鼠或松鼠。有一次，她還抓住了一隻皮包骨的鴿子。

落葉從未跟她一起去。他說冬青葉剛到隧道中時，他曾外出過幾次尋找藥草，但他覺得自己不屬於外面。每當冬青葉外出狩獵。看到朋友那張薑黃的臉在暗處焦急地張望時，便會感到心裡難受。落葉似乎既將隧道當成家，又當成牢籠。難道他真的認為去尋找他的家族已經太晚了嗎？

冬青葉總是留意著那隻小狐狸和他母親。但在白雪皚皚的樹林裡，她沒再見過比鴿子更大的動物。

只有一次，她發現一條通往松樹林的路被雪鋪滿的痕跡。她急忙轉向相反方向，在蓍草氣味的引領之下，迅速回到隧道口。入口處恰好有一小團蓍草在冰雪中傲然生長，綠色的葉片十分醒目。

冬青葉每次外出時，發現自己會去聆聽山脊另一邊貓兒們的動靜。她的族貓們是否在寒天雪地找到了足夠的獵物？長老們是否依然健康？好幾次她的四肢彷彿都在不知不覺中帶著她走向山脊頂部，直到離雷族邊界幾隻狐狸身長的距離時她才驚醒。

一想到要和族貓面對面，血液就在她身體裡凝固，她每次都會在最後一刻轉身跑下山坡，回到落葉等她的地方。

過了將近半個月，雲朵漸漸散去，露出清澈的天空，空氣也變得清新寧靜。冬青葉躲在窩裡，想讓自己暖和起來，腦海想的全是石頭山谷中可能發生的事情。

她坐起身，知道自己再也睡不著了。隧道內充滿銀色的光芒，亮得幾乎像陽光普照。冬青葉從窩中走出來，順著隧道小跑著進入河流洞穴。這裡空蕩蕩的，只有炫目的光線照射在每個角落裡，將河流映成白色。

冬青葉仰起頭，瞇眼朝頂端的洞孔中張望。很高很高的地方，一輪無瑕的圓月飄浮在空中。對於大集會而言，這是個寒冷的夜晚。

冬青葉想像著貓群聚集在山谷中，口鼻中哈出白氣，聆聽每位族長發言的情景。

「妳想念族貓嗎？」落葉在身後輕聲問道。

冬青葉嚇了一跳。她沒有聽到他進入洞穴的聲音。「我只不過是想知道他們是否都好。」她忽然感到一絲愧疚。「在部族裡，禿葉季可能會過得非常艱難。每一場雪都有可能會使他們找不到足夠多的食物。」

落葉舉起一隻腳掌，打斷她的話。「那就去看看他們呀。」

「我不能。必須讓他們相信我已經永遠離開。」

「如果妳願意的話，可以去看看他們，但不被他們發現。」落葉提議，「妳不能將所有時間都花在盯著月亮發呆和疑惑上。」

冬青葉縮了縮身子。也許他說得對。她對過去的領地非常瞭解，能很好地藏身。只要她確認雷族可以在嚴酷的季節存活下來，她便可以睡得安穩。

第八章

冬青葉剛下定決心要悄悄潛入雷族，就覺得腳掌下有一群蜜蜂在嗡嗡叫，令她迫不及待。但她還是強迫自己又等了小半個月，直至天空不再那麼亮。

那天，在黎明之前，當夜晚最黑暗的時刻來臨，落葉帶她進入一條比兔子洞寬不了多少的隧道。這是為數不多通往雷族的隧道之一。

冬青葉想在進入最後一段隧道前感謝一下落葉，可他沒等她開口便轉身走了，而且很快被黑暗吞沒。

我保證，我會回來的！冬青葉對著他的背影無聲地喊道。

冬青葉蹲下來，匍匐進入小洞。洞頂摩擦她的耳朵，她忽然覺得自己像要被活埋。她害怕得心跳加速，呼吸也變得急促。但她繼續用前掌向前爬。

忽然，新鮮空氣撲鼻而來，樹枝在風中搖晃的沙沙聲不絕於耳。冬青葉站起身，呼吸著族貓、小徑和邊界標記的熟悉氣味。

她到家了！

不！現在這裡已不是我的家了。

冬青葉抖落身上的塵土，鑽進一叢荊棘樹，繞過一棵單獨生長的橡樹。確認沒有其他貓正在進行夜間巡邏後，她穿過一條沿著懸崖頂端延伸的狹窄小徑。

她說服自己，發抖是因為寒冷。不過她能感覺到自己內心的恐懼，知道她害怕被發現。

當一隻貓頭鷹振翅從她頭頂的一根枝條飛走時，她嚇得差點摔倒。她潛藏到一處荊棘叢中，並從裡面穿過去，出現在懸崖的最邊緣。她蹲伏張望著。

山谷中影影綽綽，冬青葉分辨不出任何一個窩，她總覺得有哪裡不太對勁。懸崖間呼嘯的風聲顯得與以往不同，下方的黑色暗影也與記憶中的不同。她離開後，樹似乎長到營地內了，而且枝條茂密綴滿枯葉。**這怎麼可能！**

就在她觀察時，一道黃色的光線顯現在身後的山脊。黎明已至，冬青葉能勉強看見一棵巨樹占據了石頭山谷，但牠不是長出來的，而是傾倒在那裡，根部壓塌了巫醫巢穴所處的位置。

冬青葉嚇得愣住。那麼大的一棵樹從懸崖頂部墜落下去，肯定會砸扁下面的貓兒，牠是直接落在戰士窩和長老窩上方。部族發生了這麼可怕的事，她怎會對這些事一無所知？星族不能進入她的夢境告訴她嗎？

也許星族不再照耀我的路，我現在不是部族的一分子了。

冬青葉感覺自己的身體顫抖得太厲害，會有從懸崖邊跌落的危險。她向後退了幾步。

就在此時，倒落的那棵樹的枝條晃動起來，兩隻小心翼翼的貓出現在寒冷的空氣裡。他們的呼吸在口鼻周圍形成一團團白霧。

「我可以自己去廁所。」鼠毛咕噥道。空氣凝固了一般，以至於她的聲音可以一直傳到崖頂的冬青葉耳中。

「我知道妳可以。」波弟聲音沙啞地說，「有我陪妳不好嗎？」

「看起來我別無選擇了。」鼠毛揶揄道。於是，年老的棕色公貓領著她穿過空地，鑽進擋住石頭山谷入口的荊棘屏障。

冬青葉朝前探身，心裡一陣高興。**是族貓！**

「蕾光！」一個聲音從巫醫窩裡傳出來。「要是妳餓了，我可以給妳帶些吃的。妳不需要自己去拿。」

是松鴉羽，聲音聽起來才剛清醒的樣子。

「我還有兩隻腳能動。」伴隨著回應聲，一隻深棕色母貓出現在纏結的樹根下。

是小蕾嗎？冬青葉難以置信地望著眼前這一幕，年輕的母貓用前腳拖著身子前進，她的後腳毫無用處地拖在身後。

蜜妮從倒地的樹木枝條間衝了出來。

「妳在做什麼？妳昨天只走了這麼遠，妳應該休息。」她責備道。

蕾光轉過身避開她的母親。松鴉羽剛才叫的是她的戰士，但很顯然她的樣子無法再參與任何巡邏。「我沒事。」她咬牙嘶叫道，「妳不能什麼事都替我做。」

蜜妮彎下身，舔舔女兒的耳朵。「我希望我能幫妳做好一切。」

薔光怎麼會傷得這麼嚴重？是樹木倒下時造成的嗎？我應該在場的呀！

冬青葉將爪子插進懸崖邊緣細碎的土壤中。幾小塊石頭被擠出來。喀啦喀啦地朝空地滾落下去。

冬青葉呆愣住。

一個熟悉的深色虎斑身影從枝條間露出來。

棘爪抬頭，瞇眼望向冬青葉隱藏的位置。

冬青葉屏住呼吸，連連向後縮去。接著，她聽到了他的呼喊聲。「獅焰？煤心？去石頭山谷頂端進行邊界巡邏好嗎？鴿掌和藤掌可以跟你們一起去。」

下面傳來貓兒們聚集的聲響。冬青葉再次越過邊緣，冒險望了一眼。當她看見弟弟獅焰繞著煤心打轉，尾尖劃過她柔軟的灰色毛髮時她的心難過得要命。鴿掌和藤掌圍著他們蹦蹦跳跳，似乎非常渴望外出巡邏。冬青葉離開時她們都還是小貓，現在她們已經是自信滿滿的強壯見習生了。

「是不是棘爪聽到狐狸的動靜了？」藤掌激動地問。

鴿掌把頭偏向一邊，顯得若有所思。「我想不是。」她說。

「這裡沒有！沒有狐狸從這裡經過。」

冬青葉猛然停下來，忽然極度渴望他們能發現她，並帶她回部族。族貓們多少還是有些想念她的，對嗎？

但很快，她就想起發生過的一切，想起葉池、松鴉羽和獅焰已經發現的真相，又覺得部族最好還是沒有她。於是，她輕嘆一口氣，俯身鑽入狹小的洞口，任由黑暗將自己吞沒。

「然後我看到了小薔。沒錯，她現在已經是薔光了。她的後腿已經沒用了。她肚子貼著地面，拖著身體穿過空地。也許樹倒下時砸到她了。我本來應該在場幫她的。」冬青葉頓了頓，調整呼吸。她意識到，一回來她便沒完沒了地說個不停。

落葉坐在河岸邊望著她。

這是個陰天，洞穴裡幾乎沒有光線透入，但冬青葉卻能看見落葉眼中微光閃爍。

「妳無法阻止樹木倒下。」他安慰道，「畢竟，妳選擇了離開，記得嗎？」

冬青葉用爪子在石頭上刮擦著。「當時，我好像別無選擇。」她小聲說，「我並沒有把發生的一切都告訴你。不僅僅是我發現松鼠飛和葉池對我撒了謊。而且另一隻名叫灰毛的貓也發現了這個祕密。他威脅要把真相告訴所有部族，因此我……我殺了他。」

緊接著是一陣長時間的沉寂。冬青葉鼓起勇氣望向落葉。他正凝視河水。

「部族發現後，把妳趕出來了嗎？」落葉平靜地問。

「沒有。他們根本就不知道。只有葉池知道，後來我告訴了松鴉羽和獅焰。我想讓他們明白我為什麼離去。」

「但妳可以回去。」落葉忽然抬頭說道，「妳的手足和葉池非常愛妳，他們不會說出關於灰毛的事情。妳的祕密肯定仍然被好好地保守著。」

「你有什麼根據！」冬青葉哀號道。

「我覺得我知道。」落葉反駁道，「妳告訴我的每件事都證明，妳對妳的族貓有多麼看重。」

「你不明白。」冬青葉難過地說，「發生了太多事情。部族不再需要我了。」

落葉轉過身：「妳的部族永遠都需要妳。」他一邊說，一邊步入暗處。

〃〃〃

冬青葉耐著性子，等待了大半個月才重新回到石頭山谷上方的觀察點。又下雪了，厚雪閃爍出點點銀光。冬青葉蹲伏在枯草地上，瑟瑟發抖地看著下方的族貓漸漸醒來。

棘爪派出幾名睡眼惺松的戰士組成一支巡邏隊去查看風族邊界。冬青葉這時才驚訝地發現她的族貓們看上去是多麼瘦弱。她掃視空地，想看看新鮮獵物堆在哪裡，但樹幹旁邊僅有少量皮毛和羽毛的殘塊。經過如此漫長而嚴酷的氣候侵襲，獵物肯定變得十分稀少。

倒地樹木的遠端傳來一陣窸窸窣窣的動靜，多刺的育兒室牆壁隱約可見。是罌粟霜的聲音，她顯得很生氣。

「小櫻桃！妳還在咳嗽，不可以出去！小錢鼠，馬上帶你姊姊回來！」

兩隻毛茸茸的身影立即衝出荊棘屏障，跑進空地。最前面的薑黃色母貓停了下來，開始咳嗽。她的手足在她身邊停住。「今天不能出來玩啦。妳也聽到罌粟霜說的話了。」

一隻玳瑁色母貓從育兒室裡鑽了出來，在薑黃色小貓旁彎腰低語，「來吧、小傢伙。回去妳的窩。」

「松鴉羽不能給我一些藥嗎？」小櫻桃睜著一雙大大的琥珀色眼睛，祈求地抬頭盯著母親。

「他說他的藥草用完了。」罌粟霜解釋道。從她語氣中可以聽出一種緊張的情緒，但冬青葉看得出她盡力在孩子們面前掩飾這種感覺。「我相信他今天會找到一些藥草，然後妳就會好起來的。」

她領著小貓回到育兒室，讓小錢鼠獨自在空地上閒逛。

冬青葉瞇起眼睛，她知道有些正在生長的新鮮耆草。她轉身跑回隧道。她現在已經習慣從很窄的洞口擠進去，然後拖著身子穿越。接著，她跑過隧道，四肢落在清冷潮溼的石頭上，她的腳步果斷堅定。當她衝進河流洞穴時，沒有發現落葉。冬青葉越過水面，奔進森林隧道，沿著牠直抵盡頭，衝出洞口。一輪淺黃色的太陽剛剛升到樹林上方。

感謝星族。

那叢蓍草仍長在隧道口旁邊，雖然被冰霜覆蓋但仍然新鮮散發著綠意。冬青葉抬著能夠攜帶的最大份量的藥草，回到隧道中，小心翼翼地前行，以防踩到拖在地上的草葉。她從狹小的洞中鑽出來，出現在雷族領地，放下藥草，嗅聞空氣。一支巡邏隊剛剛經過。這意味著她應該有足夠的時間把這些藥草弄到懸崖底部。

冬青葉盡可能讓心跳平緩下來。過於激烈的心跳使得她的腳步也隨之顫抖。

天色還很早，不會有太多貓兒走出營地，而巡邏隊正朝相反的方向進發。如果她快步跑，並且始終借助陰影那就不可能被別的貓發現。

冬青葉沒給自己留太多時間來改變主意。她抬起藥草葉，順著通往懸崖底部的小徑奔跑起來。她在轉彎處一陣打滑，幾乎撞上遮蔽廁所的荊棘屏障。

一個聲音從裡面傳來。「還沒輪到你！」

冬青葉差點直接地表示道歉，但她忍住了，快步繞過屏障邊緣。

黎明已經來臨，所以沒有貓守衛。她將藥草放在荊棘叢中隱藏得很好的隧道口旁邊。接下來外出的貓一定會發現牠們。不等太陽繼續升高，小櫻桃就能得到治療了。

當冬青葉聽到有貓從另一邊推開荊棘屏障時，趕緊調頭跑回懸崖。

她的族貓們也許會好奇是誰這麼及時地送來了。但幸運的話，他們會以為是某個見習生未經命令便採集了耆草。誰都不需要知道冬青葉曾回來幫助過他們。

並非所有祕密都是可怕的。

第九章

「小櫻桃不咳嗽了耶！罌粟霜看起來似乎鬆了口氣。今天早晨她跟別的小貓一起玩，要教他們如何撲擊苔蘚球。我還記得松鼠飛第一次教我們撲擊時……」冬青葉的聲音愈來愈小。

落葉與她並肩坐在地下河流旁。他抖了抖一隻耳朵。「這麼說，耆草葉有效果了。」他喵聲說。

「肯定是的！」冬青葉呼地站起來，面對他。「你覺得我應該弄更多的耆草嗎？或是金盞花？貓薄荷？你知道樹林通道附近生長著些什麼嗎？」

「不，我不知道。」落葉的回答似乎有些不耐煩，「我自己又不需要藥草，有必要去找那些嗎？」

「可我的腿受傷時，」冬青葉提醒他，「你為我找了聚合草，還有罌粟籽。」

落葉的尾尖一甩。「那不一樣。」他喃喃

地說，「妳就在我面前。我能丟下妳獨自受苦嗎？」

「是，但雷族就在我們頭頂上。」冬青葉繼續說，「戰士守則說，我們必須保護所有部族的小貓，而不僅僅限於自己部族的。如果我們收集能幫助小櫻桃和小錢鼠度過禿葉季的藥草，就是在遵守守則。」

「那可不是我的守則。」落葉說著便轉過臉去，「如果妳想那樣做，想去找藥草，那我祝妳好運。」他邁步走進通往冬青葉的窩所在的隧道。

冬青葉看著他消失在黑暗中。他的舉止十分古怪。她已經好幾天沒有見過他了，唯一陪伴她的生物，就是她在崖頂暗中監視的那些族貓們。

落葉現在再也不跟她同住一個窩，也再不到樹林通道口看她狩獵。是她做了什麼讓他不高興的事嗎？

也許他不願意我在雷族身上花太多時間。

冬青葉感到內疚，皮毛感覺到一陣刺痛。

沒錯，她幾乎每天都回去看她的族貓在做什麼。育兒室的孩子們差不多六個月大了，很快將會成為見習生。冬青葉很想知道哪些貓會被選作他們的導師。

要是她還在部族裡，她會想要小櫻桃當她的見習生，因為她意志堅強，有幽默感。只是現在，她永遠不會成為導師了。

冬青葉抖了抖身子，小跑步鑽進樹林通道。她得抓點東西吃，然後再去尋找新鮮藥草。現在正值禿葉季中期，到處都很難找到綠葉，她或許能幸運的在那些倒下的樹木遮蔽處找到一些。也許她還能為落葉抓到點吃的，以彌補她花太多時間在外面這件事。

他過去從未跟她分享過新鮮獵物，也許是因為沒有什麼合他口味。搞不好這片樹林裡總會有某種松果和落地堅果，以及豐腴肥美的獵物，能激發他的食欲。

冬青葉抓到一隻松鼠，獵物灰色的皮毛柔軟而蓬鬆。

但當她進入隧道時，怎麼樣都找不到落葉。她只好在河流洞穴裡獨自進食。她細心的為落葉留下一半，然後在冰冷的河水中清理口鼻上的殘渣。

她沒有替族貓找到任何新鮮藥草。她向自己的窩走去，疲倦和失望使她走起路來有氣無力。她蜷伏在羽毛堆裡，用尾巴蓋住口鼻。她明天會陪落葉一整天，前提是如果能找到他的話。不管他想在隧道裡巡邏多遠，她都會一直陪著他。

⚡⚡⚡

她似乎剛閉上眼，落葉便用腳掌推她。「冬青葉，快醒醒。」

冬青葉迷迷糊糊地坐起來。「天亮了嗎？」她咕噥道。

「不是。」落葉不停繞著圈圈，焦急得連毛髮都豎了起來。「妳的兩隻族貓正在隧道裡面！」

冬青葉頓時清醒過來。「什麼？在哪裡？是誰？」

「我不知道！」落葉厲聲道，「但她們不能留在下面。我告訴過她們怎麼離開，但她們不聽，目前她們仍在四處亂轉。妳要去幫幫她們嗎？」

「她們還好嗎？」

「她們好得很，像鸚鵡一樣嘰嘰喳喳說個不停，我猜她們並沒有受傷。」落葉開始朝外走。「讓她們回到她們所屬的地方去吧。」他轉頭說道。

冬青葉從窩裡跳出來，奔向河流洞穴。儘管這裡有流水聲，但仍不失為探聽主隧道動靜的最佳地點。

一條隧道內傳來尖銳而緊張的對話。

冬青葉循聲奔去。她自信地左拐右繞，根本不用去看漆黑的道路。忽然，聲音變得很近。那些貓就在前頭，雖然被黑影籠罩著看不見，但已經近在咫尺。她們的氣味直撲冬青葉。她辨認出她們是最新晉級的戰士藤池，還有灰紋的女兒花落。

她藏在隧道側面的一條岩縫中，仔細聆聽。

「我真後悔當初沒問那隻貓叫什麼名字，」藤池喵聲道。「這樣我們或許還能把他叫出來。不過我想他不會再來了。」

她指的一定是落葉。

一陣輕柔的刮踏聲表明其中一隻貓倒在了地上。「對不起，」花落低聲說，她的聲音聽起來十分害怕有點喘不過氣。「都是我的錯，是我堅持下來的。」

「我應該阻止妳。」藤池爭辯道。

「怎麼阻止？咬住我的尾巴不放嗎？」

冬青葉欣賞花落的性格。她很好奇這些貓是怎麼找到進入地道的路的。在那一刻，她很想走到她們面前，與族貓們重聚。這種想法非常強烈，連她的四肢都顫抖起來。

不！妳選擇了離開。沒有回頭路。現在不行。

不過她還是能幫助她們找到出去的路。

她們在這下面已經遇到過一隻貓。只要不靠得太近，她們就會以為是他第二次回來幫助她們。

冬青葉從躲藏之處探出身體，溫柔地喊道：「來吧，妳們還在等什麼？」

兩隻貓都警惕起來，氣氛十分緊張。冬青葉聽到藤池轉身朝地道張望。但她清楚黑影能把她深色的皮毛隱藏得很好。

「妳們想出去，不是嗎？」她繼續說，「妳們也知道自己不該來這裡。」

「是啊……拜託帶我們出去！」花落懇求道。

「好啊，跟我走。」冬青葉原地轉身順著隧道往回跑。

她利用後面的腳步聲來判斷自己應該跑多快才不會被她們看見，但同時又得夠慢以便讓她們跟上。

她故意帶著她們走一條混亂的側向隧道，甚至還穿過一條她們已走過的隧道。這樣做的目的是讓身後的貓不敢再回來。其中一隻貓的步伐開始變得更慢，呼吸也愈來愈急促。冬青葉覺得應該是花落。

「還很遠嗎？」藤池喊道。

冬青葉沒有回答。

在接下來的轉角，隧道忽然朝上傾斜通往一處早已廢棄的狐狸洞。出口是雷族領地一個鮮少有貓會去的角落。在這條隧道內，冬青葉無處藏身，因此她將冒險搶在這兩隻貓之前出去，躲到灌木叢下。

快到洞口時，她幾個箭步衝出去，奔過一小片空地，擠入一叢鳳尾蕨中。然後，她盡可能悄悄地轉過身，等候著。她的心噗通噗通地跳著。

過了一會兒兩隻貓才蹣跚虛弱地跟了出來。

藤池停下來環顧四周。「那隻貓跑到哪裡去了？」藤池不解地問道。

花落累到無法回答，拖著身體爬了出去，身體癱在一棵橡樹墩的旁邊，那裡陽光遍灑滿地。

冬青葉十分緩慢地朝鳳尾蕨深處退去。

藤池的耳朵抖了抖，彷彿正在直視著冬青葉，這差點把她嚇壞。

「謝謝你！」藤池喊道。

為了我的族貓，做什麼都可以。冬青葉無聲地回答說。

ϟϟϟ

之後的好幾個月，冬青葉都沒回過她雷族的營地。因為她很清楚，自己常常去窺探石頭山谷這件事已經深深傷害了落葉，而她不應該這樣對他。

他們倆白天在隧道內巡邏，搜索任何看不見的敵手，還會在河邊等待游過的小魚。他們很少談論各自的過去，也不去探討未來。

冬青葉對自己說，這是因為他倆更喜歡此刻的寧靜，就像兩位長老在享受安寧簡單的生活。

當她忍受不了，不想再吃魚時，仍會去樹林裡狩獵。只是落葉不會再到隧道口張望，也不會在她帶著血腥味和羽毛回來時表示什麼意見。

冬青葉不再試圖給他帶東西，因為藤池和花落迷路的那個晚上，她留給他的那半隻松鼠他根本就沒有碰過。但落葉從來沒有因飢餓而虛弱過，所以顯然他更喜歡私下進食。這一點再次證明，他不是一隻部族貓。

不過冬青葉已經選擇了不像戰士那樣生活，不該再多想不是嗎？她和落葉還有更多的共同點，不僅僅是同處隧道內這麼簡單而已。

ϟϟϟ

禿葉季的寒冷漸漸被新葉季的溫暖所取代，接著綠葉季悄然來臨，森林裡瀰漫著充滿誘惑的獵物氣息，放眼望去都是潮溼的綠意。

冬青葉在外面逗留的時間開始變長。她會在林中奔跑，不斷抖動鬍鬚，探測所有的芬芳；或者躺在開闊的草地上，讓陽光將身子晒暖。

天氣漸漸變熱。她甚至想去湖邊走走，讓波浪沖刷自己的腳掌。山脊的斜坡是她最喜歡去享受微風送爽的地方。

有一天，她離風族邊界太近，差點撞上巡邏隊。她急忙翻過山頂、鑽進樹林，氣喘吁吁地害怕不已。

等到心跳漸漸緩和下來之後她才返回樹林通道。

一路上，她一直躲在陰影中前行，以免被前來搜查領地的風族戰士發現。

冬青葉希望他們不會指責雷族侵入風族領地。儘管長老們都說，曾經有一段時間，火星和一星是超越部族的好朋友。但自從來到湖區。這兩個部族間便麻煩不斷。

冬青葉很想知道雷族貓是怎樣應對這炎熱的氣候。

見習生們是否需要持續不斷地用苔蘚從湖裡把水運上來？棘爪是否下令避開每天最炎熱的時段，才開始進行黃昏狩獵呢？

樹林通道出現在眼前，而冬青葉停了下來。她渴望瞭解族貓的現狀，這個念頭比頭頂的陽光更強烈。因此，她幾乎不假思索地在地道入口處轉過身，朝斜坡上跑去。

由於樹木不斷生長，一直長到山脊頂端，進而長到山脊另一側，已經遮蓋了雷族邊界。

因此，冬青葉差點沒注意到邊界。當她在一截苔蘚覆蓋的樹樁上聞到淡淡的邊界標記時，嚇了一跳。在陽光的照射下，標記乾得更快，需要每天不斷進行更新。

冬青葉調整好腳步，悄悄穿過蕨叢，朝石頭山谷走去。

一陣微弱但充滿誘惑力的獵物氣息飄進她的鼻孔。她用一隻腳撥開面前的莖杆，看見一隻兔子柔軟的棕色身影，牠正在輕咬一叢綠色植物。冬青葉垂涎欲滴，但她明白絕不能在這裡狩獵。

她正要轉身離去。好將這份肥美的獵物留給下一支巡邏隊時，她分辨出了兔子正在吞咽的植物的氣味是金盞花！這是治療傷口，保持疤痕清潔的珍貴藥草。更難能可貴的是，牠竟然長在離石頭山谷這麼近的地方。

冬青葉不能讓兔子把藥草吃完。她撲上前去，嚇阻著露出牙齒。兔子嚇壞了，接著跳著逃跑。牠那白色的尾巴上下擺動著，發出誘惑的信號。

冬青葉壓抑住追逐兔子的本能，把注意力集中在金盞花上。幾乎所有的金盞花都被連根咬斷，倒了下來。冬青葉不能留在這裡守護它們。只是她一旦離開，兔子就會回來繼續享用美餐。她必須想出辦法確保剩下的最後一點植物的安全。

她環顧四周，發現附近一棵樹的樹幹和枝條間有一條很深的縫隙，位置不算太高，路過的貓不至於因為看不到而錯過，同時這高度又超出了兔子能夠到的範圍。

她加快速度，盡可能地貼著地面摘下剩餘的花朵，拾起汁液豐富的莖杆，爬上樹，將金盞花放到縫隙中。

她瞇起雙眼思索著。

太陽這麼大，這些植物很快便會枯萎，需要有水來保持牠們的新鮮。她從樹上跳下來，停留片刻，仔細聆聽是否有巡邏隊靠近。然後她邁步穿越樹林，朝風族邊界跑去。

她在那裡將一個苔蘚球浸泡到溪流中，然後小心地將它拖到有金盞花的地方。她再次爬上樹幹，水滴到她胸口和腹部，令她倒吸一口涼氣。

好在苔蘚保存下來的水足以在縫隙處形成一個小水坑，能確保金盞花的莖杆溼潤，並持續到葉池或松鴉羽來尋找藥草補給的時候。

冬青葉躍回地面，再度停留，查看藏好的金盞花是否安全，然後才跑回隧道。或許她不再是雷族的一分子，但只要是能幫到他們的事。她就樂意去做。

冬青葉徹夜難眠，一直在想金盞花的事情。葉池發現它們了嗎？部族能保護剩下的這些植物不被兔子吃掉嗎？又在焦慮中度過兩天後，她決心回去查看樹幹縫隙中的植物是否已被取走。

她順著樹林隧道奔跑，緊張得有些頭暈。出口外面，一片寂靜，只有極小的微風輕輕晃動著樹葉。

冬青葉避開小徑。從蕨叢中鑽過，回到放金盞花的地方。

忽然，一個年輕興奮的聲音傳進她的耳朵。

「看仔細，錢鼠掌！」

冬青葉走到蕨叢邊緣，向外張望。一隻薑黃色的小母貓正蹲伏著，尾巴豎在空中。

「我要向那根木棍發起攻擊。」她宣布。

「別忘了妳應該閉上一隻眼，櫻桃掌。」棕黃相間的公貓說，「亮心說過，我們要在假裝受傷的情況下，練習所有動作。」

冬青葉忍不住呼嚕一聲。她想起接受亮心的格鬥訓練技巧的情形。亮心特地設計了一些在一隻眼睛看不見的情況下必須做到的動作。她觀察著櫻桃掌的姿勢，她做得不錯。不過她得將重心移到完好的那隻眼睛所在的一側，以改進她的平衡度。

忽然，冬青葉鼻頭一皺。一種新氣味滲透進荊棘叢，既不是溫暖的見習生氣息，也不是綠意盎然的葉片氣息。這氣味令冬青葉不寒而慄，毛髮豎起。

是狐狸！

她把爪子伸了出來。沒等到她發出警告，一個巨大的黃褐色影子從荊棘叢竄出來，往見習生猛撲而來。

冬青葉急忙做好戰鬥準備。

就在她正要衝出去時，亮心、狐躍和玫瑰瓣已經從空曠草地衝了過來。

三名戰士露出利齒，奔向狐狸。

「快躲起來！」玫瑰瓣嘶吼一聲。

狐狸猛地抬頭，警惕地睜大眼睛，對離得最近的狐躍就是一咬。但紅毛戰士一俯身，衝到狐狸旁邊，伸出爪子，狠狠劃過牠的腹側。

亮心一躍而起，撲向狐狸的耳朵，迅速用牙齒咬住不放。

玫瑰瓣的腳掌對著狐狸鼻子一陣猛擊，草地上留下一滴滴鮮紅的血漬。

狐狸略做抗爭後，用力轉身，將亮心踢入樹叢，夾著尾巴向樹林裡跳去。戰士們咆哮著並追過去。

冬青葉仍在遠處，大氣都不敢出。

在剛才的激戰中，荊棘叢已被壓倒，殘存的部分幾乎遮擋不住她。櫻桃掌和錢鼠掌已經逃到空地另一端的荊棘叢中躲起來。

冬青葉隱隱能看到他們瑟縮著擠作一團。至少他們安全了。她必須趕在戰士們回來前離開這裡，否則她的氣味有可能蓋過狐狸氣息。

正當她準備轉身離開時，蕨叢一陣沙沙響，狐狸跳回了空地。牠的嘴裡滴著口水，黃色的眼中充滿怒火。

冬青葉驚恐地望著牠。牠一定甩掉追擊者折返回來了！

狐狸壓低腦袋，在見習生訓練過的草地上嗅探著。接著，牠的耳朵垂了下來，目光轉向荊棘叢。荊棘間傳出細微的尖叫聲，又猛然止住。似乎是櫻桃掌嗚咽起來，錢鼠掌趕緊將腳掌塞進她嘴裡。

冬青葉縮緊後臀，從隱藏的地方衝了出來。

「放過那些小貓！」她嚇阻道，「否則，你得先過我這關！」她立即蹬起後腿，朝前撲去，將爪子抓向狐狸血跡斑斑的口鼻。

狐狸怒視著她，嘴角一咧，露出鋒利污濁的牙齒。

冬青葉站穩腳跟。「滾開。」她斥喝道，內心滿是部族貓后想保護小貓的心情。

她聽到遠方傳來戰士們返回的動靜，他們正大聲喊叫。狐狸閃到一旁，然後轉身逃跑。冬青葉也跟著撤退。

她鬆了口氣，耳朵裡陣陣鳴叫。她鑽到灌木叢下繼續跑，又將一隻耳朵轉向身後，探聽是否有追逐的聲響。但戰士們已經留在櫻桃掌和錢鼠掌身邊，沒有再度追趕狐狸。冬青葉不知道躲在荊棘叢中的櫻桃掌和錢鼠掌究竟看到了多少。

他們是否會告訴族貓，有一隻奇怪的貓趕跑了狐狸？冬青葉明白，自己冒了很大的風險，可她別無選擇。她救了那些小貓的命，這才是最重要的。

第十章

冬青葉實在難以入眠，便從被弄得皺巴巴的羽毛堆裡爬了出來。她已記不起上一次整晚闔眼而眠是什麼時候的事。

她曾迷迷糊糊地睡去，夢見自己回到石頭山谷，保護族貓不受狐狸侵犯，幫他們採集藥草看著小貓們在陽光下嬉戲。

但很快她便在孤寂的黑暗中驚醒過來，難以釋懷的記憶令她的心一陣劇痛。

她順著隧道走向河流洞穴，心裡出奇地平靜。落葉正在水邊他平時的位置坐著。

冬青葉走到他身旁，一直等到他與自己對視。

「很抱歉。」她說道，「我永遠不會忘記你是怎樣救了我一命，並且在我覺得自己失去一切時收留了我。你是我真正的朋友，對此我將感激一輩子。但我不屬於這裡。」

「我知道。」落葉喵聲說，「我一直希望妳留下來。過去，我從不曾跟誰分享我的家。

但妳的部族比我更需要妳。現在妳一定也意識到了這一點。」

冬青葉點點頭，眼睛盯著腳下。「我也需要他們。可我不知道該如何回去。發生了太多事情。」

「等時機到來，妳便會知道的。」落葉小聲說。冬青葉抬起頭來，可他已不見了蹤跡。冬青葉獨坐在泛著漣漪的水邊。

又過了一個月。冬青葉變得比以往更加心神不定。她每天天亮前都會悄悄跑到雷族的領地上，又總是膽怯，不敢在石頭山谷現身。她想不出該說些什麼，也不清楚貓兒們會有何反應。月圓之夜，她爬上山脊低頭望著湖中的島嶼，想像四族在那裡集會的場面。

他們還記得她嗎？冬青葉忽然對此充滿疑問。她回到隧道內，蜷縮在窩裡看見自己在大集會上被群貓蔑視、嘲笑。他們都想知道為什麼一隻獨行貓會希望加入部族。冬青葉驚醒過來。打了個冷顫。**她還是戰士嗎？**

在這之後冬青葉在隧道內待了幾天。她吃魚，也在漫無止境的石頭隧道中巡邏，直到腳掌磨粗得像樹皮。落葉跟她說過，等回家的時機到來時，她會知道的。她希望他說得沒錯，也希望這樣的機會還沒從她面前溜走。

有一天，當她快要吃完一條小魚時，聽見身後的腳步聲，她轉頭看到的是落葉走進了河流洞穴。冬青葉有一陣子沒見到他了，激動得呼嚕一聲站起來。「嘿！妳到哪裡去了？」

落葉甩甩尾巴，示意她保持安靜。「隧道裡有貓。似乎有什麼大事正要發生。」他轉過身，朝最終通向高沼地的那條隧道走去。

冬青葉跟上去，跑步前進。他們還沒走出河流洞穴那微弱光線籠罩的範圍，便聽到黑暗中有聲音迴響。

這一次不是雷族貓，而是風族貓。還有一個她熟悉的聲音。那隻公貓的嗓門比別的貓的都大，隆隆作響的低沉聲像雷鳴般順著石頭隧道傳來。

索日！冬青葉立刻想起那隻貓曾製造出多少麻煩：他預測太陽會消失，竭力說服黑星背棄戰士祖靈。**現在，他又在這裡做什麼？**

落葉在前邊停下腳步。說話聲清晰的從隧道內傳來。

「這是你們贏得真正榮耀的機會。」索日說道，「一星也許想要和平，但這是一種懦弱的表現。我會帶你們穿越隧道，攻進雷族的營地。那些鼠腦袋肯定渾然不知。」

「索日說得對！」另一隻貓大聲說道。冬青葉確信這是鴞鬚在說話。「我們聽命於一星的時間太長了。他現在應該讓我們戰鬥，讓我們去做接受訓練後該做的事，教訓一下那些雷族貓，讓他們明白我們比他們想像的更加強大。」

接著便是一陣贊同的呼喊聲。

冬青葉渾身的毛都豎立起來。她的族貓即將遭受襲擊！她不能讓這種事發生。

一旁的落葉也十分緊張。「還有別的貓下來了。」他在冬青葉耳邊小聲說。

冬青葉小心翼翼地轉過身，嗅探著空氣。兩隻雷族貓正站在轉彎處的一條側向隧道內。冬青葉又吸了口氣分辨出她們的氣息：是藤池和她的手足鴿翅。

她邁步朝她們走過去，這時風族貓發出一聲嘶吼。她急忙停下腳步。

「有沒有聽見什麼聲音？」一名戰士吼道。

落葉將嘴巴貼近冬青葉的耳邊。「妳必須帶她們出去。現在妳的整個部族都需要妳。如果風族要通過隧道發起進攻。那妳就是唯一能夠幫助雷族的貓了。」

冬青葉望著朋友。「時機到了，對嗎？」她輕聲說。

落葉點點頭。「祝妳順利。」他小聲說道，「我永遠不會忘記妳，冬青葉。」

就在此時，側向隧道傳出一陣喀喀聲，是一顆石礫從誰的腳下滑離。發出的撞擊聲在此刻有如雷鳴般響亮。

「什麼聲音？」鴉鬚低吼，「該不會是有貓在偷聽我們說話？」

冬青葉開始朝她的族貓藏身的幽暗深處匍匐前進。

「我們趕快走！」她聽見藤池小聲說。

「我只是循著聲音來到這裡，」鴿翅回答，「但不確定該怎麼出去。」

冬青葉聽到隧道後方傳來腳步聲，似乎不只一隻貓正朝這裡逼近。

藤池也聽到了他們的動靜。「他們要過來了！我們趕快走。」

沒時間帶這兩隻貓從較安全的暗處離開了。冬青葉將不得不暴露在她倆面前，讓她們知道自己是一隻可以信賴的貓。

她深吸一口氣。那些躲躲藏藏、試圖忘記自己曾屬於某族的日日夜夜，彷彿都在一次心跳間消散。戰士之血湧入她的血管，對部族的忠誠至高無上。

她走進側向隧道。鴿翅和藤池十分緊張，準備進行抵抗，氣氛十分凝重。

「跟我來，快點！」她朝著黑暗中命令道。

「休想！」藤池嘶聲說道，「妳說不定是跟他們同一夥的。」

「我不是。」冬青葉盡可能讓自己的語氣沉著冷靜。

「那就證明給我們看。」鴿翅堅持。

「不需要證明。」冬青葉厲聲說。**這些貓就聞不出我身上的雷族氣味嗎？**「看在星族的份上，趕快跟我走。」

借著從河流洞穴映入的一縷微弱星光，冬青葉看見藤池驚訝地睜大眼睛，同時和姊姊互看了一眼。「星族？那妳就是……」

「妳們到底是要走還是不走？」冬青葉打斷她的話。

「當然要。」藤池急著回應，「但是，我們怎麼知道妳不是故意來陷害我們的？」

冬青葉氣呼呼地發出嘶聲。她們就不能等等再提這些問題嗎？不過，這兩隻年輕的貓完全不清楚她是誰，有這樣的反應也不足為奇。她已經離開了這麼久，對很多族貓而言，她的確是一隻陌生的貓。

「因為我跟妳們一樣都是雷族貓，」自豪感湧上心頭她的噪音不覺提高。「我是冬青葉。」

WARRIORS

貓戰士

霧星的預言

Mistystar's Omen

長老　（以前是戰士、貓后，現在已經退休）
斑鼻：雜灰色母貓。
撲尾：薑黃色和白色相間的公貓。

雷族 *thunderclan*

族長　**火星**：英俊的薑黃色公貓。
副手　**棘爪**：琥珀色眼睛的深棕色公虎斑貓。
巫醫　**松鴉羽**：藍色眼睛的盲眼灰色公虎斑貓。

影族 *shadowclan*

族長　**黑星**：白色大公貓，腳掌巨大黑亮。
副手　**枯毛**：深薑黃色的母貓。
巫醫　**小雲**：非常嬌小的公虎斑貓。

風族 *windclan*

族長　**一星**：棕色的公虎斑貓。
副手　**灰足**：灰色母貓。
巫醫　**隼翔**：雜色的灰色公貓。

各族成員

河族 *riverclan*

族長　豹星：帶有少見斑點的金色母虎斑貓。
副手　霧足：藍眼睛的暗灰色母貓。
巫醫　蛾翅：有斑紋的金色母貓。見習生：柳光。

戰士　（公貓，以及沒有子女的母貓）
蘆葦鬚：黑色公貓。見習生：穴掌。
灰霧：淺灰色母虎斑貓。見習生：鱒魚掌。
薄荷毛：淺灰色公虎斑貓。
冰翅：藍眼睛的白色母貓。
鯉尾：暗灰色母貓。見習生：苔掌。
卵石足：雜灰色的公貓。見習生：急掌。
錦葵鼻：淺棕色公虎斑貓。
知更翅：玳瑁色和白色相間的公貓。
甲蟲鬚：毛色棕白相間的公虎斑貓。
花瓣毛：毛色灰白相間的母貓。
草皮：淺棕色公貓。

見習生（六個月大以上的貓，正在接受戰士訓練）
柳光：灰色母虎斑貓。導師：蛾翅。
穴掌：暗棕色公虎斑貓。導師：蘆葦鬚。
鱒魚掌：淺灰母色虎斑貓。導師：灰霧。
苔掌：毛色棕白相間的母貓。導師：鯉尾。
急掌：淺棕色公虎斑貓。導師：卵石足。

貓后　（正在懷孕或照顧幼貓的母貓）
塵毛：棕色母虎斑貓。生下小豆和小卷。
苔皮：藍眼睛的玳瑁色母貓。

被遺棄的兩腳獸窩
月池
舊雷族小徑
雷族營地
天空橡樹
風族營地
斷半橋
兩腳獸地盤
馬兒地盤
轟雷路
雷族
河族
影族
風族
星族

綠葉
兩腳獸地盤
兩腳獸窩
空地
兩腳獸小徑
兩腳獸小徑
影族營地
半橋
小轟雷路
綠葉
兩腳獸地盤
湖
半橋
小河
小島
河族營地

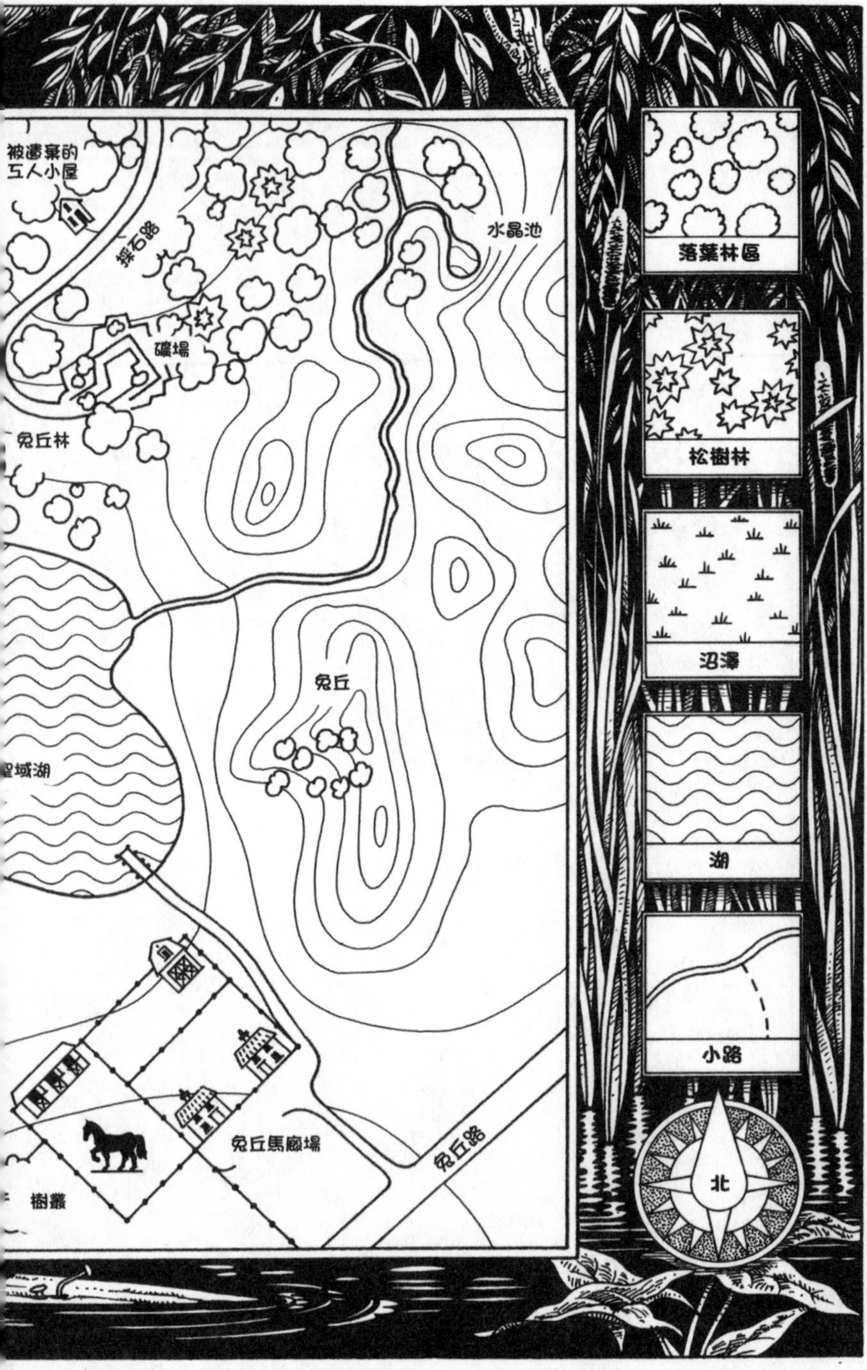
被遺棄的
五人小屋
採石路
礦場
水晶池
兔丘林
兔丘
域湖
兔丘馬廄場
兔丘路
樹叢
落葉林區
松樹林
沼澤
湖
小路
北

觀兔露營區
聖域農場
塞德勒森林區
小松路
小松乘船中心
小松島
艾柏河
魏特喬奇路

第一章

霧足站在岩石邊緣，望著腳下的流水漩渦。褐色的水裡滿是殘渣：樹枝、碎葉，甚至還有一團曾經承載著樹木的根塊。無論霧足多麼努力地看，還是無法看清楚湖底的石頭，更看不到魚兒悠游的那種獨特銀色閃光。

她探出身體，用舌頭舔了舔水面。水的味道潮溼且苦澀。

「回不去從前了嗎？」身旁的豹星說。

霧足抬頭望向族長。

豹星金色的毛髮在灰色的晨曦中顯得暗淡無光。近一個月來，她身上那些深色斑點——她的名字就是因此而取——似乎漸漸消散。

「我原本以為等水流回來以後，一切就會恢復原狀。」豹星繼續說道。她將腳掌伸進湖裡擺了擺，然後又抬起腳掌，看著水滴順著爪尖流到石頭上。

「魚兒很快就會回流的。」霧足安慰地喵聲說，「溪水開始流動了，牠們沒有理由不出現。」

豹星望著波光粼粼的湖面，「乾涸的湖害那麼多貓都死掉。」她輕嘆口氣，彷彿沒聽見霧足說的話。

「要是湖裡永遠都空蕩蕩怎麼辦？我們該吃什麼？」

霧足往族長身旁靠了靠，直到肩膀輕碰豹星的毛髮。她突然震驚地感覺到，這隻母貓已經瘦得只剩皮包骨了。

「一切都會好起來的。」她低聲說，「河狸築的窩已經被毀掉，雨水也已降臨，漫長的乾旱期結束了。這是個艱困的綠葉季，但我們活了下來。」

「黑爪、鼠牙和曙花都沒能倖存。」豹星喃喃道，「單單一季就失去三位長老！因為湖裡除了泥巴什麼都沒剩下，根本無魚可抓。我不得不眼睜睜地看著我的族貓被活活餓死。還有漣尾，他跟那些去查看水到哪裡去了的貓一樣勇敢。難道他就不該活著回來嗎？殉難讓他走得太快，快得連星族都看不到了嗎？」

霧足將尾巴蜷到前面，搭在豹星的背脊上。「漣尾是為了拯救湖區和所有部族而死的。他將永享榮耀。」

豹星轉過身，開始朝岸上走去。「付出的代價太大。」她低吼道，「要是魚不跟著水一起回來，我們的日子會過得和乾旱季節差不多。」

忽然，她摔了一跤，霧足立即跳上前去準備攙扶她。但豹星**開口嘶嗚阻止她**，繼續一瘸一拐地踏過石頭。

霧足緊跟在後，與族長保持著一定距離。她不想對這隻高傲的金色母貓過分關心。她很清楚，豹星現在大多數時間都飽受折磨，連巫醫蛾翅都無法治癒的疾病已使她筋疲力竭。這病症一點都不奇怪：肆虐的乾旱和持續的飢餓早就導致她的體重急速下降，身體逐漸虛弱，視力和聽力開始模糊。

霧足感覺到豹星不再這麼焦躁，她看著族長走到卵石上，順著河族營地邊緣的低矮蕨葉叢走進去。

忽然，從葉叢傳來一陣含糊的呼喊聲。

「豹星？」霧足躍入綠色的葉叢枝幹，朝裡面奔跑過去，來到族長旁邊。

豹星正倒在地上，痛苦得睜大雙眼。她的腹部劇烈起伏，呼吸十分困難。

「別動。」霧足用命令的口吻說。「我去求救。」她跳過前面的低矮蕨葉叢，衝進營地中央的空地。「蛾翅！快點！豹星倒下了！」

遠處傳來飛奔的腳步聲。

緊接著，蛾翅沙黃色的身影——跟豹星的非常接近——出現在巫醫窩入口處。巫醫停住，四處張望呼喊聲從何而來。

霧足邊跑邊對她喊道：「快跟我來。」

這兩隻貓並肩穿過矮蕨葉叢，奔向族長。豹星已經閉上雙眼，氣喘吁吁，胸口激烈地起伏著。

蛾翅俯身嗅了嗅，又伸出舌尖舔舔她的皮毛。

霧足也想靠近，但生病的母貓身上散發的臭味，讓她忍不住退後一步。當她再度湊近觀察時，才看到豹星身上的汙泥與碎屑，皮毛好像已經好一陣子不曾梳洗。

「去叫薄荷毛和卵石足。」蛾翅轉過頭，鎮定地指揮，「他們還沒有去巡邏。叫他們安靜些，我們把豹星送回她的窩。」

這個離開的藉口令霧足鬆了口氣，又使她內心感到愧疚。她退了一步，轉身奔進空地。

不久，霧足帶著薄荷毛和卵石足回來，看著豹星在蛾翅的攙扶下站起身。戰士們左擁右扶的，搖搖晃晃地帶著豹星返回營地。

蛾翅把矮蕨葉叢撥開，好讓幾隻貓能順利的將族長送回營地。

「豹星死了嗎？」霧足聽到塵毛的孩子輕聲問。

「當然沒有，親愛的。她只是太累了。」塵毛回答。

霧足站在巢穴入口，看著卵石足把豹星爪下的苔蘚墊好。這不只是單純的疲累。族長窩內顯得愈來愈暗，陰影愈來愈厚重，彷彿星族的戰士們已經聚集在此，準備迎接河族族長。

薄荷毛離開時，從霧足身邊擠了過去，他淺灰色的身上有濃烈的鳳尾蕨氣味。「如果我還能為她做些什麼，請告訴我。」他低聲說。

霧足點點頭。

卵石足低垂著腦袋跟了過來，他的尾尖在灰塵中留下淡淡的痕跡。

蛾翅將豹星的前掌更舒適地疊在她胸口下方，接著站起身，「我得去我的窩裡找一些藥草。」她提醒道，「妳陪在她身邊，讓她知道妳在這裡。」她將口鼻輕輕地靠在霧足的耳朵上，低聲說：「堅強點，我的朋友。」

蛾翅離開後，族長窩內一片死寂。

豹星的呼吸變得很淺，只有一絲微弱的喘息，能夠吹動口鼻旁邊的苔蘚。霧足在族長的腦袋邊蹲伏著，用尾巴輕撫豹星消瘦的身體。

「好好地睡吧。」她溫柔地說，「妳現在沒事了。蛾翅去收集藥草，她能讓妳感覺好一點的。」

令她訝異的是，豹星動了動身體。「來不及了。」母貓聲音沙啞地說，她睜開眼睛。「星族要來接我了。我能感覺到祂們都在我周圍。我要去星族營地了。」

「別這樣說！」霧足嘶鳴道，「妳的第九條命才剛剛開始！蛾翅會治好妳的。」

豹星發出一陣呼嚕聲：「蛾翅一直為我效勞，而且做得非常好，但有些事情超出了她的能力範圍。就讓我安詳地走吧，霧足。不要將最後一命浪費在戰鬥上，妳也不要。」

「我不想失去妳。」霧足不想答應。

一隻憂鬱的藍眼睛睜開，盯著她。「真的嗎？」豹星呼嚕呼嚕地喘息著，「在經歷了我對妳的手足、對所有混血貓所做的一切後，妳還不想要我離開嗎？」

一瞬間，霧足又被帶回到舊森林裡的河族營地，那個又黑又臭的兔子洞裡。虎星和豹星曾聯手建造虎族，在追尋最純正的戰士血統的過程中，他們把不同部族血統的貓全都囚禁起來。

霧足和曾擔任河族副族長的石毛那時才知道，雷族的族長藍星是他們的母親。在豹星看來，這足以判他們死刑。她允許虎星對他們進行迫害，直到石毛被虎星冷血的副族長黑足殺死。霧足被火星救出來，並帶回雷族，直到血族的那場可怕戰爭以後，才終結掉虎星恐怖的死亡統治。

「我從來就不值得妳原諒。」豹星的細語將霧足的思緒轉回寒冷安靜的窩。

「我手足的死是由虎星負責！」霧足吼道，「虎星和黑足。虎族時代跟我信奉的戰士守則根本毫不相干。我始終效忠於河族，效忠於身為我們族長的妳。」

豹星嘆了口氣：「妳的生活比我所想的還要艱難，霧足。妳失去手足和三個孩子。妳承受了太多痛苦。」

霧足愣住。

沒有一隻貓能體會她在埋葬自己小貓時的那種痛苦。每隻貓后都明白，幼小的生命珍貴且脆弱。

「我會在星族再見到祂們的。在我心裡，我每天都和祂們一起散步。」她低聲說。

豹星沒有說話，吃力地喘息著。

霧足起身，準備呼救。

此時，豹星似乎開始迴光返照，繼續說：「我很遺憾無法體會擁有小貓的喜悅。曾經有一段時間，我以為這件事會實現。但結果沒有。」她的聲音愈來愈低沉，彷彿正在描繪一幅早就在她腦海已久的畫面。「或許這樣也不錯。我一直很驕傲，妳就像我的親生女兒一樣。霧足。」

霧足無法回答。她從來就沒有時間好好去瞭解自己的親生母親藍星，這種熟悉的悲傷令她心痛不止。

那時，就在雷族族長即將死在河岸邊，她才向霧足和石毛透露自己隱藏得最深的祕密。知道真相的剎那，霧足被母愛緊緊環繞，然而它轉瞬間消失了，留下永遠無法填滿的冰冷空虛。

她蜷縮在豹星身旁，就像數月前，她試圖溫暖藍星被浸溼的身體一樣。

「睡吧。」她在豹星耳邊低聲說，「妳醒來時，我就在這裡。」

第二章

起風了，灌木叢搖晃著，波浪拍打著湖岸邊。此時，霧足醒了過來。花楸樹的樹枝在微風中搖曳著，晨光投射下來，在窩內留下斑駁的光芒。

霧足身旁，豹星看起來冰冷且安靜。

霧足用口鼻碰碰老貓的頭，然後走出族長窩，走過仍在睡夢中的營地，來到湖岸邊。她凝望著波浪起伏的灰色水面，不知道豹星是否已經加入祖靈的行列。

身後傳來腳步聲。霧足轉過頭，看到蛾翅正小心地踏著石頭。

「豹星死了。」巫醫宣告道。

「我知道。」霧足說。

她閉上眼睛，忍受著湧上心頭的痛楚。她感覺到蛾翅站在自己身旁，毛髮間散發出溫暖和柔和。

「我還沒有做好帶領部族的準備。」霧足低聲承認道，她沒有睜開眼睛。「我怎樣才能跟上豹星的腳步？」

蛾翅將尾巴落在霧足的背上。「妳早就準備好了。」她安慰霧足，「想想妳已經走過的路。妳遇過的事情比絕大多數貓終其一生所遭遇的還要多。」

「那是因為我老了。」霧足指出重點，「黑爪只比我大幾季。有時候，我會覺得自己在這裡活得太久，已不再受歡迎。現在的我似乎應該跟石毛一起漫步在星族才對。」

「妳很清楚，那是鼠腦袋的想法。」蛾翅反駁道，「妳還有很長的日子要過。確切地說，是九條漫長的生命。」

九條命！忽然間，霧足感覺湧上的疲倦就要擊垮她。她怎麼可能在只能步履蹣跚的情況下，保持體力，帶領她的部族呢？有那麼多的事情等著做。她還有時間去感受豹星之死帶來的傷感嗎？

蛾翅彷彿察覺出了她的猶疑。

「我們會有充足的時間來哀悼豹星的。妳需要我時，我隨時等妳。妳並不孤單，霧足。妳必須召集我們的族貓，告訴他們豹星的事情。現在，妳已經是他們的族長，大家就像曾經需要豹星一樣需要妳。」

蛾翅帶著她回到營地，她的尾巴一直搭在霧足的背脊上。霧足聞到朋友身上微微的藥草味，感覺好些了。「沒有妳的話，我肯定做不到。」她小聲說。

「妳不會沒有我。」蛾翅輕快地回答說，「我是妳的巫醫，會竭盡所能地幫助妳啊。」

空地上已經布滿了急得團團轉的貓群。

霧足踩上豹星窩外寬大的柳樹下，對著族貓說話。「所有已成年能游泳的族貓請集合，我有話要說。」

儘管眾貓十分的悲傷，原本繞著屍首致意的族貓，開始坐在樹下。

霧足還是難以壓抑內心的激動。

蛾翅說得對，在我被賦予九條命和新名字前，他們便已經將我當作族長了。

「豹星已經步入星族。」她宣布道。

貓群中發出悲傷的討論聲，宛如一陣寒風吹過。

「這麼久以來，我們能有她這樣的族長，是我們的幸運。」灰霧說，「她十分勇敢，意志堅強，將我們帶領得很好。」

「在我進行格鬥訓練時，她說我做得非常好。」見習生苔掌哀傷地說。

塵毛用尾巴將她的小貓們圍到身旁。「真希望她能活得更久，能親眼看著這些小傢伙成為見習生。」她嘆息道。

甲蟲鬚站起來。他棕白色相間的毛髮在清晨初升的陽光下閃爍。「妳什麼時候要去領妳的九條命？」他詢問霧足。

霧足愣住。

這正是她所擔心的，在投入嶄新的生活以前，她幾乎沒時間喘口氣，更別說去悼念逝去的前族長了。雖然她已經擔任豹星的副族長很久了。她十分清楚這一刻來臨時，自己的責任是什麼。

她突然非常期待與蛾翅一起走到戰士祖靈之中，去學習那些有助於她在未來領導部族的方法。

「我會盡快去月池。」蛾翅動了一動。

霧足疑惑地看著她。「我們可以等到明天再出發，今晚我們必須為豹星守夜。」一隻黑色公貓起身，朝霧足點頭示意。「我代表所有戰士，感謝妳成為我們的族長，為妳效勞將是我們莫大的榮幸。」他大聲說。

「謝謝你，蘆葦鬚。」霧足輕聲道。她忍不住回憶起，自己懷有他的同胞手足時的情景。他是她的孩子中唯一倖存的，每天她都為他成為一名戰士感到自豪。

花瓣毛甩甩尾巴。「我們之中的一些貓可能有各自的意見。」她不悅地說，「但是，我會像曾經效忠豹星那樣忠誠於你，願她在星族享樂安詳。」

「霧星！」鱒魚掌喊道。

霧足瞇眼看著那名淺灰色的見習生。「我還不是，鱒魚掌。在得到我的九條命之前，我還不是。」

明天，我將和我們的祖靈同行，並與我的戰士名永遠說再見。

霧足從樹枝上跳下來，對著花瓣毛喊道：「妳能在日落前，組一支狩獵巡邏隊嗎？鯉尾和苔掌入列。要是冰翅也能去，就帶著她。」

白色母貓呼嚕了一聲。「我當然可以！這三天我一直待在營地，現在迫不及待地想要舒展舒展筋骨。」

霧足差點笑出來。「妳完成了探尋河狸蓋水壩的旅程，想休息多久就休息多久。」她提醒冰翅，「但如果妳很想狩獵，我想有妳敏銳目光的幫助，大家都會很高興。」

蘆葦鬚走向霧足。「需要我去別的部族，把豹星的死訊告訴他們嗎？」

「不。他們很快就會知道的。我們必須讓一切照常運作，以此告慰豹星。」

「既然如此，那我要不要帶一支巡邏隊到邊界巡邏？」蘆葦鬚主動提出，「我想確認一下那天嗅探到的那隻狐狸，不會再繼續接近我們的營地。」

霧足點點頭。「好的，謝謝。同時，也要留意營地這邊是否有松鼠或老鼠。目前湖裡仍捕不到太多魚。」她不清楚自己的族貓中是否有誰注意到，水裡面看上去有多空蕩。**如果他們自己沒能察覺到，我也不打算告訴他們。但或許在這段時間內，我們需要用其他獵物來補充新鮮獵物堆。**

「這件事妳不用再做了。」灰霧湊近她的耳邊說。

霧足內心一陣驚訝。「做什麼？」她懷疑自己是否說出了什麼關於湖裡缺魚的事情。

灰霧朝正在集結列隊的族貓們點點頭。「大家正在組織巡邏隊，在月亮高升以前，妳必須任命一名副族長。不是嗎？」

「副族長？」霧足重覆道，「對，當然。」

那隻母貓接近並端詳著她。「妳想選誰？在此之前妳一定已經考慮過這問題。」

霧足覺得自己無法否認這一點。她很早就知道豹星的病況了，但她真的沒有想到族長的九條命都已經沒有了。她還有那麼多事情要做，而這些重擔都落到她身上，令霧足感到欣慰的是，當蘆葦鬚招呼灰霧加入他的邊界巡邏隊時，她不必再回答這個問題。

貓群魚貫而出，開始進行巡邏。灌木叢隨著他們的行進搖動著，彷彿一時之間活了起來，過了一會兒，空地又倏地恢復空曠平靜。霧足深吸一口氣，環顧四方。貓群進食和分享舌頭時踩得光滑的地面、不同巢穴之間用來遮蔽的荊棘屏障，一切仍熟悉得令她安心。唯一令霧足感到陌生的，是一想到需要處理的事情時無法克制的恐懼感。

「霧足？」柳光正站在隱藏於苔蘚覆蓋的岩石巫醫窩入口。她小跑穿過平坦的草地，她的尾巴輕放在背上。「妳想要我跟妳一起去月池嗎？我是指，妳去接受九條命的時候。」

霧足眨眨眼睛：「那不是蛾翅的職責嗎？」

「是的，沒錯。」柳光看起來似乎有點不確定，「可這是妳第一次去跟我們的祖靈交流，我想或許妳需要更多貓陪伴。」

霧足忍不住呼嚕道：「小傢伙，我並不會害怕去找星族。不過妳能想到這件事，我非常感謝。我相信，總有一天，妳會陪伴妳的族長去接受他的九條命。但這一次是蛾翅的責任。」

灰色虎斑貓的眼神中顯示著一絲困惑和懷疑。然後她點點頭。「當然。」她說，「無論明天發生什麼事，我都祝妳順利。」接著她轉身回到她的巢穴。

霧足皺眉看著她的背影。

無論明天會發生什麼事？難道有什麼是她應該擔心的嗎？

霧足聳聳肩，應該是柳光太急於證明自己作為巫醫的能力，或許她對所有的職責還沒有那麼充分的瞭解。

她穿過空地，走向部族晒太陽最棒的地方。對那些仍然記得舊森林的貓來說，這個沙地斜坡只是陽光岩的一個可憐的替代品。

斑鼻和撲尾正躺在柔和的金色陽光中。他們半瞇著眼睛，尾巴不停甩動。

我打賭，今天早晨發生的事情，他們一點也沒錯過，霧足心想。

「我們得找個地方安葬豹星。」她說，悲痛依然像一塊大石重壓她的心。

長老們點點頭。

斑鼻站起來，抖落布滿斑點灰毛中沾黏的沙子。「我知道有個很好的地方，跟我來。」撲尾起身的動作顯得更加僵硬，他依次伸展四隻薑黃白色的腿。

斑鼻帶領他們翻過坡頂，進入另一側細長的樹林中。她沿著一條被茂密的聚合草遮住一半的小路，進入一小塊被一棵小花楸樹遮蔽的空地。從這裡可以清楚地看到湖。以及每個月圓之夜部族集結的那座小島。島的那邊，風族生活的山地高高聳立，山脊的背面便是豹星的第一個家園——舊森林。

「我一直認為這裡就是豹星安息的好地方。」斑鼻解釋道。

霧星點點頭：「太完美了。來挖個洞吧！需要我去找別的貓來幫忙嗎？」

撲尾不屑地嘶了一聲：「看在星族的份上，妳就相信我們的能力，幫老族長完成最後一個任務吧！妳覺得我們的腳都已經沒用了嗎？」

斑鼻用尾巴攬住同窩夥伴的肩膀。「別理這隻壞脾氣的貓。」她對霧足說，「不過他說得沒錯，我們可以的。妳先回空地去吃些東西。妳看起累壞了。妳得保持體力，準備踏上往月池的旅程。」

老母貓慈母般的安慰令霧足有些受寵若驚。她向他們道謝，鑽回聚合草叢。

空地上，草皮的巡邏隊已經帶回兩條小魚，正準備再次出發。塵毛若有所思地戳了戳小魚。可當她看到霧足出現，立刻把小魚推給她。「妳先吃吧。」她勸道，「我的孩子們和我可以晚點再吃。」

霧足眨眨眼睛。難道自己已經那麼老，族貓們都在擔心她能否順利成為族長嗎？塵毛彷彿猜透了她的心思。「就讓我們竭盡所能來幫助妳吧。」

她溫柔地催促道，「我們都清楚，從現在起，妳將為我們做出精神奉獻。」

霧足沒有爭辯。她不能告訴塵毛，突然之間，她感覺與長久相處的朋友和同窩貓之間距離疏遠了。豹星的死改變了一切。

感謝星族讓我擁有蛾翅，她暗忖。**只有她能理解我肩負整個部族責任的那種感受。**

她一邊咀嚼小魚，一邊看著兩名巫醫小心翼翼地將豹星的屍體拖出巢穴。在她身上覆蓋上迷迭香和水薄荷。新鮮藥草的氣味瀰漫在空氣中，同時帶來淡淡的死亡氣息。

霧足聽到柳光告訴蛾翅，她們用的是最後一批儲存的水薄荷。蛾翅只是搖搖頭，繼續她的工作。

「現在豹星比我們更需要它。」面對這位老朋友。霧足心裡充滿了滿滿的暖意。她深知能有蛾翅做她的巫醫，是一件多麼幸運的事情。如果沒有蛾翅，她對未來甚至想都不敢想。

天色開始變暗，河族貓聚集在前任族長的屍體周圍，開始漫長的守夜。空氣中瀰漫著的香味，風也變小了，灌木叢像在輕輕細語。

霧足坐在豹星的頭旁邊，看著一隻族貓悲傷地從面前走過。

蛾翅來到她旁邊：「妳準備好任命妳的副族長了嗎？」

月亮開始升起，附近的貓群們都豎起了耳朵，他們的目光令霧足覺得渾身刺痛。她點點頭，接著站起來。「讓所有能游泳的貓集合，我有話要說。」

頓時，貓群的隊伍停止移動，轉而面向她。他們都很清楚即將發生什麼。他們會贊同她的選擇嗎？霧足心裡沒底。她再次感到新的重任壓得自己四肢顫抖。她朝蛾翅靠近一步，想從巫醫溫暖的身上獲取一些力量。

「任命我的副族長的時候到了。」霧足宣告。在夜晚清冷的空氣中，她的聲音顯得十分尖銳。「蘆葦鬚，我邀請你與我並肩前行，幫助我領導這個部族。願星族聽到並贊同我的選擇。」

一陣短暫的沉寂後，貓群爆出歡呼。「蘆葦鬚！恭喜你！」

霧足的孩子走上前，他那雙深灰色的眼睛炯炯有神。「能被選中，我無比榮幸。」他喵聲說，「為了保護妳和我的族貓們。我願意付出生命。」

「希望不會到那一步。」霧足對他說。她伸長脖子，將口鼻放到孩子頭上。蘆葦鬚身上仍有他還是幼貓時的氣味。

空地邊緣的陰影中傳來一聲哀怨的輕嘆聲。「我敢打賭，她選擇他僅僅是因為他是她的兒子！」

「嘿。苔掌！」鯉尾訓斥道，「蘆葦鬚是一名勇敢忠誠的戰士。他會成為一名偉大的副族長的。」

希望如此，霧足心想。她早就預料到任命自己的兒子為副族長會招來一些批評，但她寧可相信，這不是她做出這個決定的原因。

「勇敢的選擇。」蛾翅在她耳邊輕聲地說，「但我想，這也是正確的選擇。」

霧足感覺好多了。只是如果蛾翅能提到一些星族表示贊同的跡象，哪怕只是一個預料到她所做決定的徵兆，她都會更加安心。

「抱歉，霧足，」塵毛站到她面前，「我現在能帶我的孩子們去致意嗎？他們已經累了。」

霧足望著兩隻幼貓。他們一邊打著哈欠，一邊眨眨又大又圓的眼睛。「當然。」她親切地說。

於是，塵毛帶著小貓穿過空地。貓群們也列隊開始哀悼致意。

「永別了，豹星。」

「願祢在星族能盡情狩獵。」

「我們會再見的。老朋友。給我留個晒太陽的地方。」

「哇！我從未見過屍體！她身上的綠色植物都是些什麼？」

「急掌，如果你不能停止發問，就回巢穴去。把那些水薄荷放下！」

終於，空地上只剩下霧足和長老們留在豹星身旁，將由他們守夜陪伴前任族長。

霧足彎下腰，用口鼻輕碰豹星那冰冷又薄的耳朵。「願陽光溫暖祢的背脊，獵物都會跳到祢的腳下。」她喃喃地說。

「我很久沒聽誰這樣說過了。」撲尾聲音沙啞地說，「從我們還在舊森林生活時就沒說過這種祝福語了。」

「灰池曾經在石毛和我快要睡著時這樣說。」霧足道，「這是她祝福我們做美夢的方式。」

「啊，石毛，」撲尾嘆了口氣，「我依然懷念祂。」他瞇起眼睛，仔細地打量著霧足。「妳還會記恨豹星對妳的所作所為嗎？」

霧足喉嚨咽了一下。「她這一生絕大多數的時候，都是一位好族長。」她回應道，「這才是她值得被記住的地方。」她用鼻尖貼住豹星的身體。

我保證會盡力成為最強大、最明智的族長。我會全力以赴，效仿你對河族的忠誠，以及代表我們部族立場時的勇氣，我也會以你犯的錯誤裡吸取教訓。我知道，我無需向其他部族證明河族是最強大或最了不起的。我只希望我的族貓們快樂平安。

「這才是最好的選擇。」一個細小的聲音從她身後傳來。

霧足立即站起身，轉身看去，是一隻灰色的公貓站在她身後，濃密的毛皮閃爍著點點星光。「石毛！」她喊道。

那隻貓點點頭。「妳以為我會錯過這個夜晚嗎？」他說，「一直以來，我都在看顧著妳，看到妳將領導我們的部族，我非常非常自豪。」

霧足的尾巴垂下來。「族長本來應該是妳。」

石毛搖搖頭。「那不是我的宿命。我希望妳一切順利，霧足。妳需要很大的勇氣去面對今後所遇到的問題。但記住，妳並不孤單。我將永遠與妳同行。很快我們就會再見。」

祂的身影漸漸消散。

最後霧足只能看到祂身後的深樹和灌木。「等等！」她喊道，「祢指的是什麼？我為什麼需要很大的勇氣？會有戰鬥來臨嗎？」

但她沒有得到任何回答，只聽到身旁已經熟睡的撲尾發出的含糊呼嚕聲。霧足朝周圍一看，但哥哥已經消失。祂是在警告她，有什麼可怕的事情即將發生嗎？此時的霧足無論如何也睡不著了。

她小心翼翼地經過熟睡的長老們，走向巫醫窩的入口。

「蛾翅！」她稍微提高些音量喊道。

石頭後面傳來嘀嘀咕咕的聲音。接著，巫醫出現了。她的眼睛睜得很大，身上的毛亂蓬蓬的，她似乎也無法入眠。

「怎麼了？」她問，「出什麼事了嗎？」

「我現在就要去月池。」霧足對她說，「石毛託夢給我了，有些事我得問問祂。」

蛾翅警覺地問：「為什麼？祂說了些什麼？」

「我沒聽懂祂的意思！」霧足咕噥道，「走吧，我們必須出發了。」

「等到天亮會更安全。」蛾翅委婉地說，「因為我們必須穿過風族領地。」

「不，我們現在就得動身。」霧足堅持道，「如果真有麻煩，河族不可以再沒有族長。我還有很多事情要弄明白。」

蛾翅走出巢穴，抖落沾在身上的藥草碎片。「好吧。」她輕聲說道，「妳需要瞭解的東西比妳預想的還要多。」

第三章

當霧足和蛾翅抵達風族山脊頂端時，第一道陽光已出現在地平線上。對任何巡邏而言，現在都還為時過早，因此她們經過高沼地時沒有遇到任何困難。

她們默默地前行，只聽見腳掌踩在草地上的細微聲響。爬上山頂後，霧足停下來喘口氣，又回頭朝湖面望去。從她所在的位置看去，水色很深，幾乎一片漆黑，水流衝撞凹凸不平的湖岸邊。

遠處的河族營地成了一個黑影。霧足想像著空地上的貓群，不知道他們之中是否有誰正在仰望山脊，並在乳白色的黎明中發現她身體的輪廓剪影。

蛾翅在她旁邊換了個站姿。「我們還要繼續走。」她說。

霧足此時才發現，蛾翅對九條命的授予儀式似乎並不怎麼激動。是否對巫醫而言，到月池與星族交流只是日常工作而已？

攀上一段漫長而陡峭的岩地後，她們的步伐漸漸緩慢。霧足曾走過一次這條路，印象中似乎並不像現在這般艱難。或許是因為她的雙腿都老了吧。

「還要很遠嗎？」她腳下一滑，差點朝後摔倒，喘氣看著巫醫。

「快到了。」蛾翅轉頭回答，「看到上面那些灌木叢了嗎？通往月池的路就在那後面。」

當她們從荊棘叢中穿過，開始沿著螺旋形的道路下去時，霧足已頭暈目眩。她的腳掌踏入過去一代代貓群們留下的足印中。

有那麼一瞬間，她覺得祂們正與自己並肩前進，將她籠罩在一股氣味中。

歡迎，歡迎。

她聽到祂們的聲音了嗎，還是這只是她的幻覺而已？

蛾翅領著她來到池水邊。在耀眼的月光映照下，水面波光粼粼，倒映出雲朵和一隻疾速掠過的歐掠鳥。

霧足的心跳開始加速。

就是這裡，她真的要成為河族族長了！

她望向蛾翅，吃驚地發現巫醫有些緊張。她那毛毛的尾尖忍不住地抽動著，她似乎感覺不到霧足的目光。或許，她是在為這完全不熟悉的儀式感到焦慮吧。

「妳會沒事的。」霧足安慰老朋友，「這對我們倆來說，都是第一次，我們會一起經歷。」

蛾翅只是眨眨眼睛。「在池邊躺下。」她指示道，「讓妳的口鼻輕觸池水。」

霧足蹲伏下來，將前掌折在身下。肚子下的石頭很涼，水更涼，池水在她的鼻子前像寒冰般閃爍光芒。她深吸一口氣，閉上眼睛。

「好好睡一覺。」蛾翅溫柔的聲音彷彿從很遠的地方傳來。

一陣星光將霧足籠罩，接著，一片漆黑又將她吞沒。

霧足強忍著才沒有呼喊。**我在下墜嗎？**

她的耳朵裡響起各種私語和喊叫聲，但一切都很含糊。還有許多貓群的氣味，有些她似乎熟悉，有些陌生而強烈。

就在霧足快要恐慌得失聲驚叫時，她感覺腳下踩到了堅實的沙地。她睜開雙眼，環顧四周，發現她正站在一處略微傾斜的岸邊，面對一條寬闊的淺水河道、河水沖刷著鵝卵石，瀰漫著悠閒的氣味。

頭頂的天空十分明亮，陽光照射下來，溫暖著她的皮毛。霧足很想跳進水裡，讓魚兒游到她的爪子上。不知為何，她知道在這裡撈一大把獵物是輕而易舉的事情。

身後的灌木叢沙沙作響，接著一隻淺灰色的貓出現了。霧足一度以為是她的哥哥石毛。但緊接著，她分辨出那是灰池的氣味。在很長的一段時向裡，她曾把這隻河族母貓喚作母親。霧足發出響亮的呼嚕聲，灰池兩大步便來到她身旁，舔著她的毛髮，用下巴緊貼她的頭。霧足把鼻子深深埋進灰池羽毛般柔軟的胸膛，覺得自己忽然又成為一隻小貓。

「我很擔心自己會在這個儀式上犯錯誤。」她坦承道。

「嘿，小傢伙。」灰池安慰她道，「妳會沒事的。沒什麼錯誤可犯，我向妳保證。妳準備好了嗎？」

霧足挺直背，點點頭。直到這時，她才驚訝地意識到岸邊已擠滿了貓群，祂們的身上都烘著星光，眼睛都散發出溫暖的光芒。她突然回頭很好奇蛾翅在哪裡。接著灰池便走上前來，提高音量，祂的聲音蓋過了河水聲。

「霧足，我親愛的視如己出的女兒，我賜予妳一條命，讓妳熱愛族貓。就像每隻貓都是妳的孩子，支撐妳的身體，分擔妳的痛苦。」祂與霧足的鼻尖相碰。頓時，霧足的身子彷彿被一道閃電擊中。她在痛苦中尖叫著前後跳，而灰池目光如炬，持續給她力量。霧足把爪子插進沙地，一動也不動，等待皮膚下灼燒的火焰漸漸退去，她大口喘息著。

「謝謝祢，灰池。」她輕聲說。母貓點點頭，退了回去。接著，一個熟悉的身影出現在霧足面前，哥哥石毛迎面而來。「我跟妳說過我們會再見的。」石毛喵聲道，「我賜予妳一條命，讓妳平等對待所有的貓，無論何時都能與不公正的事情抗爭。」

霧足振作起精神。可這條命帶來的痛苦似乎不再那麼強烈。相反，她感到一股力量的暖流在體內流竄，從頭到尾，直到她覺得自己可以越過群山。

接下來是一隻纖細的灰色虎斑貓，眼睛裡折射出天空的蔚藍。「羽尾！」霧足喊道，「我很想祢。」

羽尾溫柔地看看她。「我也很想妳，霧足。我沒有忘記當妳的見習生時學到的課程。我要賜予妳的命是接受命運。儘管那看上去也許非常艱難。有些事情已經超出了我們的控制力，我們不應該去抗爭。」

這條命並不舒服。它像荊棘一樣刺燒，像卡在喉嚨裡的魚骨般令她窒息。霧足努力保持鎮定，不去吐出這根看不見的骨尖。這會不會是在警示她的命運將會非常艱難呢？霧足不安地顫動起來。

「歡迎妳，霧足。」一個深沉的聲音傳來。她睜開眼，看到了豹星的前任族長曲星。他正低頭望著她。霧足向她點頭致意。

「現在妳不用這樣做了。」曲星提醒她，「在這裡，我們都是平等的。我賜予妳一條命，讓妳擁有承擔領導重任的智慧及力量。責任或許很沉重，但是記住，妳遇到的每個問題，都不只是一個挑戰而已。」霧足感到一股無形的巨大力量朝她壓來，把她的腿都壓彎了。

她強迫自己站直，感受這股壓力幻化成光，變成一股充滿力量的溫柔暖流。

我非常強大，足以擔負這份重任，她告訴自己。

接下來的這條命來自於虎背熊腰的棕色虎斑貓橡心。祂曾是曲星的手足，也是祂的副族長。但現在霧足知道，祂還有另外一個身分：她的父親。

「我漂亮的女兒，」祂用口鼻碰觸著她的耳朵，輕聲說，「很抱歉我無法成為妳真正的父親。好好活著，相信自己。有一天，我們會一起在星族漫步。我賜予妳一條命，讓妳有跟隨心意的勇氣。」祂發出呼嚕聲。霧足急忙準備迎接炙燒全身的沖擊。當父親從她身邊走開時，她忽然感到一陣傷心。但幾乎與此同時，另一隻貓來到了她身邊，暖暖的鼻息傳入她的口鼻。

「喔，我的女兒。」藍星輕柔喵聲道，「要是妳能知道我有多想念妳就好了。」

霧足抬頭端詳著這隻深灰色的母貓。藍星看起來年輕、敏捷、健壯，跟她和哥哥從河流中拖上岸的那隻溼漉漉的貓大不相同，藍星將尾尖輕落在霧足的側腹上。「我賜予妳的命是讓妳去做那些儘管困難，但是正確的事情。」祂言語中的悔意令霧足心碎。儘管她的血液彷彿在被火焰灼燒，但她還是吃力地呼嚕了一聲。

「我知道祢曾盡力去做正確的事情。」她用沙啞的嗓音說。藍星探出身子，直到口鼻碰到霧足的耳尖。

「謝謝祢。」她低語。

一隻身上有著美麗銀色皮毛的漂亮母貓走上前來。霧足偏頭問：「銀流？是祢嗎？」

母貓發出一陣呼嚕聲。「很高興見到妳，霧足。看到妳能有今天，我非常自豪。我賜予妳一條命，讓妳不論在什麼地方都能找到快樂。無論發生什麼事，永遠不要忘記如何保持開心。」當祂觸碰到霧足的鼻子時，一道明亮的銀色光芒閃過，令霧足眨了眼一下。她感覺皮毛刺痛，背上的每一根毛都豎了起來。

「謝謝祢。」她低聲說。

接著，一隻深灰色虎斑貓出現在銀流的位置。霧足望著祂，不由得一陣心痛。「哦。漣尾，祢沒能回來。我非常遺憾。祢知道嗎，祢拯救了湖區，水流回來了。」只剩魚沒有回來，她無聲地補充道。當然她並不打算將這事告訴這位已故的族貓。

漣尾點點頭。「我只是想幫助我的部族而已。」祂喵聲說，「就算付出生命也值得。我賜予妳的命，將讓妳鼓起勇氣去探索藏在地平線的事物。永遠不要拒絕瞭解更多東西的機會。」

「我不會的，我保證。」霧足低聲說。她的心再度燃燒。她開始覺得身體虛弱，視線開始模糊。

起初，她以為不會再有貓在漣尾之後過來。她眼前已經一片空白。但她還應該獲得一條命，不是嗎？這時，一個微弱的尖叫聲在腳邊響起。霧足低下頭，發現一隻黑色的小貓正有著一雙敏銳的綠眼睛。

「小鱸！我的孩子。」

小貓靠了過來。「我就知道我還能再見到妳的。」祂喵聲道，「他們說我也可以給你一條命。因此，我給妳的這條命是為了讓妳勇敢，哪怕是走在伸手不見五爪的暗影中，妳也要勇敢。有最漆黑的夜晚，就會有光明的存在。」

祂伸長身體，用鼻子輕觸霧足的下巴。

她用力感受著那珍貴的小貓氣味，吸入從祂身上湧出的能量。

我從未忘記祢，一刻都沒有忘記過祢。

「霧星！霧星！」

岸邊的貓兒們高聲喊道，她的新名字響徹雲霄。又有兩隻貓擠出貓群，在霧星的腳邊繞著。

「矛掌！櫻草掌！」

對孩子們的母愛頓時湧上霧星心頭，祂們本該成為戰士，卻沒機會活得那麼久。

「我們會等妳的。」矛掌認真地許下諾言。

「我們以妳為榮！」櫻草掌將臉頰輕靠霧星的肩膀，補充道。

霧星張著嘴，想告訴孩子們她是多麼思念祂們，只是光線漸漸變灰變暗，河岸隨之消失。取而代之的是弧形的石崖。霧星又回到月池了。接受九條命所經歷的痛苦仍在她腦中嗡嗡作響，她身上的皮毛刺痛。

蛾翅走到她旁邊。「妳還好嗎？」霧星眨了眨眼。她再次回想出現在岸邊的貓群，知道有一隻沒在場。「妳不在那裡！」

蛾翅愣住，但緊接著又鬆了口氣似的，彷彿放下心裡的一塊大石頭。

「我不在那裡。」她毫不退縮地迎上霧星的目光，「妳以後都必須獨自面對星族。祂們的存在的意義，對妳我來說是不同的。」

霧星認真地凝視著她的族貓。

蛾翅在說些什麼？她是巫醫啊！怎麼可能會有這種想法？

雖然她虛弱得快要站不住，卻還是將心中最大的疑問提出來。

「妳……妳不相信星族的存在？」

第四章

「但是妳長久以來都是我們的巫醫！難道妳從沒在夢中遇過星族貓嗎？」

蛾翅搖搖頭。「妳有妳的信仰。」她冷靜地解釋，「我也有我的。妳在夢境裡見到的貓群們，用我不曾看過的方式指引和保護妳。我擅長治療和照顧族貓，這就足以為我的部族服務了。」

霧星感到頭暈目眩。這種事情怎麼可能會發生！巫醫怎麼能不信仰星族？在她接受九條命的過程中，怎麼沒有一隻貓跟她提及此事？祂們一定知道蛾翅從未見過祂們。那預言呢？既然蛾翅永遠不會相信星族的守護，那祂們還會費心向她傳遞任何訊息嗎？她向前邁出一步，忽然非常渴望回到湖邊營地，找到一處堅硬的落腳處，平復自己的心情。

「走吧，我們回家。」

蛾翅跟著她踏上踩滿腳印的小徑。霧星覺得自己像是聽到巫醫在喃喃自語。「非常抱歉。」

她想不到自己該如何回應。

她們倆沉默不語，快速行走，邊跳邊爬下岩石，再次踏上風族領地裡那片綠草地，經過雷族當作兩族邊界的氣味標記從河流另一邊飄來。

「我們繞路一下，把豹星的事情告訴火星吧。」霧星提議道。「各族族長們總得知道豹星的死訊。」

蛾翅點點頭。

她們跳過小溪，快步進入到河流另一邊，來到一條通往樹林暢通無阻的道路。新鮮的雷族氣味瀰漫在空氣中。顯然，一支巡邏隊剛剛才經過。霧星率先踏上小路。她在心裡提醒自己，她現在已經成為族長，完全有權造訪鄰居，向他們通報重要消息，不會被指責侵犯領地。

可是，大刺刺地走進另一個部族的領地，不用擔心遭到伏擊，這樣的經歷仍讓她覺得有些奇怪。

她們抵達石頭山谷石壁上的岩縫處，從荊棘叢中擠了進去。霧星甩甩頭，試圖甩掉扎入鼻頭的荊棘針刺。她不明白，雷族貓怎麼能容忍自己的家園有這麼不舒服的入口。

火星穿過空地，上前招呼河族貓。「一切都好嗎？」

霧足停下腳步。「豹星死了。」

火星低下頭，哀傷地低語：「我很遺憾。」

蛾翅嘆口氣。「我們剛從月池回來，」她低聲道，「霧星已經獲賜九條命了。」

火星垂頭致意，鬍鬚輕刷地面。「霧星！」他向河族新族長道賀。

「霧星！」灰紋也附和大喊她的新名號。他是隻健壯的公貓，當他還是舊森林裡的見習生時，霧星就已經認識他。

「霧星，霧星！」一時之間，河族族長的新名號在雷族之間響起。

霧星感到一絲不安。她向來不願意成為關注的焦點，對自己的新名字也很不習慣，感覺一切變得很陌生。

「謝謝你們。」她對安靜下來的貓群說，「我選擇蘆葦鬚擔任我的副族長。我們希望與雷族保持永久的和平關係。」

火星抬頭和新族族長互碰鼻子。「河族一切可好？」他語氣溫柔，感覺變得不那麼嚴肅。正式的問候結束後，他的口氣更像霧星長久以來所熟知的，那個值得信賴的火星。

她把失去三位長老，以及乾旱使整個部族陷入困境的事情告訴他。

火星十分同情，松鴉羽提供蛾翅一些藥草，幫忙補充她的庫存，其中有更重要的水薄荷。兩隻河族貓帶著新鮮的葉片，重拾腳步，穿過樹林。

等她們再次來到營地外，抵達河邊時，霧星將嘴裡的藥草放了下來。

「松鴉羽知道妳不相信星族的存在嗎？」霧星忍不住問，「他有什麼想法嗎？」

蛾翅小心翼翼地把她要帶回的藥草放在一片草叢上。「他知道我是一名優秀的巫醫，只會為了幫助部族而全力以赴。」

霧星有些無奈地盯著她的族貓。她怎能如此平靜和坦然？她想問問蛾翅關於預兆、夢境和儀式的事情，以及巫醫的全部職責，其中就包括要相信他們那些看不見的戰士祖靈的存在。但現在她們還在雷族的營地內，回家的路還很漫長，顯然在這裡談話並不合適。所有問題必須等一下再問。

霧星叼起藥草，越過小溪。蛾翅跟了上去。

她們小心翼翼地回到湖邊，沿著湖岸前進，這裡已在風族領地之外。接近河族邊界時，一支風族巡邏隊發現了她們，豎起毛髮直衝而來，一聽到霧星說起豹星的死訊後，他們的毛髮才平順下來。戰士們表達了同情，並對霧星接受九條命的事祝賀。他們承諾一回營地就告訴一星。

霧星意識到，自己也應該讓影族的黑星瞭解情況。但當她回到河族營地時，已經累得無法再邁出一步。她希望在初次與黑星以平等的族長身分見面時，自己是精力充沛的狀態，讓對方知道新族長在面對任何一名異族戰士跨越邊界時，哪怕只是掉一根鬍鬚，也能與之抗衡。霧星和影族族長之間有太多淵源。哥哥石毛死於黑星嘴下，讓霧星留下難以抹滅的傷痛，她無法想像與異族結盟友好的情景。

她步履蹣跚地朝自己的窩走去時，蘆葦鬚迎面走來。「妳見到我們的祖靈了嗎？妳擁有九條命了嗎？」

霧星點點頭。「嗯，沒錯。」她迫使自己抬頭挺胸。「在星族的保祐下，我將帶領部族，直到耗盡我最後一條命為止。」

「太好啦！霧星！」族貓們歡欣鼓舞。只有霧星注意到蛾翅站在空地邊緣，目光游移不定。

「蛾翅說，妳見過火星和一支風族巡邏隊。」蘆葦鬚說，「妳需要我傳消息給黑星嗎？」

霧星感激地望著她的副族長。「謝謝你。」她喵聲說，「記得天黑之前回來。」

蘆葦鬚點點頭表示瞭解，接著快步離開。霧星看著他衝進空地邊緣的灌木叢，想著不知他的同胞手足是否有在星族注視著這一切。她提醒自己待會要告訴蘆葦鬚，自己的其中一命就是來自他的手足。

「霧星？」斑鼻站在不遠處。「我們現在要埋葬豹星。妳要和我們一起去嗎？」

「當然。」霧星說。她舒展了一下四肢，以稍微緩解肌肉的僵硬。

晚一點再睡吧。

幾乎整個部族的貓都集中到湖邊的空地上，看著長老們奮力地挖掘泥土，覆蓋在豹星的屍體上。蛾翅站在前族長的旁邊，輕訴著哀悼詞，讓這些祝福之語如氣味般飄散空中。

「願星族照亮祢前行的路，豹星。願祢盡情狩獵、奔跑，願你快樂入眠。」

霧星望向蛾翅金色的皮毛，她不確定，如果其他貓知道真相，會發生什麼事。霧星被族貓包圍著，他們再次呼喊她的新名字的聲音仍然迴盪在她耳中，但她從來沒有像此刻這麼孤單。她怎麼可能在沒有一名信仰戰士祖靈的巫醫的情況下，領導她的部族呢？為什麼沒有一隻星族貓告訴她真相？祂們是因為河族巫醫永遠不能履行全部使命而發怒嗎？但是，祂們仍然賜予了霧星九條命。

葬禮過後，霧星徑直走向豹星位於花楸樹下的窩，開始整理落滿灰塵的臥鋪。一大塊糾結纏繞的苔蘚卡在入口，霧星將後腳掌插進去，試圖將它扯開。灰霧過來幫忙。她們一起把苔蘚拖到外面，潮溼的苔蘚聞起來有一股霉味，嗆得霧星直打噴嚏。

「妳肯定累壞了。」灰霧說。

為什麼每隻貓都一樣，一定都跟我說我肯定累壞了？

「我很好。」霧星大聲說道，語氣超乎尋常地有精神。

灰霧偏頭打量著霧星。「一切都還好嗎？妳似乎很疲憊？」

霧星聳聳肩，用爪子撕扯著那些苔蘚，把它弄成一小片一小片，以便更容易送出營地。

「還有很多事要做。」她喵聲說，「我只是想念豹星。」

「我們都一樣。」灰霧提醒她，「但妳不必急於完全像她那樣。所有部族都會在乾旱期後恢復，一切事物都會平靜。妳別把自己逼得太緊。」

霧星忽然有一種衝動，想向灰霧吐露蛾翅的事，告訴灰霧她沒有一隻能與星族交流的巫醫，這個事實令她非常失落。這可是天大的祕密，不能與族貓分享。她不得不獨自找到解決這個問題的方法。她用尾巴輕輕碰了灰霧的背脊。

「我沒事。」她喵聲說，「晚一點我會把這些東西清乾淨。現在，我只想睡一下。」

灰霧面露疑惑：「沒有乾淨的苔蘚怎麼辦？需要我叫見習生取一些給妳嗎？」

霧星搖搖頭：「我可以將就睡一晚。明天我再指派見習生執行這項任務。」

灰霧點頭同意後離開。霧星爬進花楸樹下狹窄的窩。儘管苔蘚已被清理出去，但豹星的氣味仍留在牆壁和頭頂的枝條。

霧星蜷縮起來，闔上雙眼，用尾巴蓋住口鼻。當她漸漸入睡時，她不知道自己是否會回到星族。如果會，她就能向祖靈們詢問蛾翅的事。但她卻發現自己只是在一片漆黑、空曠的地面上，流水聲從遠方傳了過來，沒有貓回應她的呼喚。

第二天，她在枝葉的氣味中醒過來。微風輕撫花楸樹，片片樹葉隨之搖曳，霧星的毛髮也被吹動，感受到微風穿入巢穴。霧星盯著四周弧形的洞穴，一時想不起自己身在何處。然後她想起豹星已死，現在她是河族族長。在餘生中，在她的九條命日子裡，這裡將會是她的窩。

她聽到蛾翅正在外面指示柳光：「多虧有松鴉羽，我們才有充足的水薄荷和艾菊。不過我們的聚合草剩不多了，我們還要去採集更多還在生長的植物。由於急掌從樹幹上摔下來，劃傷皮毛，用掉了我們大部分蜘蛛網，因此我們也需要準備一些蜘蛛網。」

霧星想起柳光曾提出跟她一起去月池的事，突然意識到蛾翅的見習生肯定清楚蛾翅不相信星族的這個真相，想到這裡，她不由得感覺胃部一陣痙攣。

柳光的巫醫訓練裡有很大一部分是蛾翅永遠無法傳授予她的。柳光會跟其他巫醫談及此事嗎？霧星站起身，伸展筋骨。她走出窩外時，柳光正朝營地入口走去。

「等等，柳光！我跟妳一起去。」

巫醫轉過身，有些訝異。「喔，好啊，霧星。」

霧星看到蛾翅在空地另一邊注視著她們。金毛貓的表情難以琢磨，她是在擔心柳光可能會說溜嘴嗎，還是會因為真相大白而如釋重負？

霧星低頭，從灌木叢的縫隙擠進入，跟柳光並肩站在低垂的鳳尾蕨旁。

「唉呦！」閃亮的雨滴從一片葉子上滴落柳光背脊，她嚇了一跳。

「我們需要雨水。」霧星提醒她，同時調整方向，避開那些看起來特別潮溼的綠莖。

「難道就不能在晚上下雨，然後在白天保持乾燥嗎？」柳光抖抖皮毛，半開玩笑地抱怨道。

「也許妳應該去問問星族。」霧星也打趣地回應說。

柳光正避開一根插在路上的荊棘樹枝。「我會去的。」她的回答似乎也不是認真的。

「那麼，妳藥草辨識技巧練習得如何？」霧星希望自己的提問不會太突兀。

柳光又跨過一個水坑。「還不錯。」她喵聲說，「蛾翅教我如何將不同的藥草結合使用，使它們更加有效。她對植物的任何事情都瞭若指掌。我真不知道自己能否全都學會。」

「我敢肯定妳一定沒問題。」霧星稱讚道，「那解開星族預言的那一部分呢？她也教你了嗎？」

此時，霧星已經壓低身體，與柳光一般高，所以她看得到這隻小貓的眼神閃爍。「蛾翅是我所期望的、最棒的導師。」她讚揚道。

避重就輕的回答，霧星感覺到意味深長。

柳光知道蛾翅不相信星族的存在！

忽然間，霧星變得不知所措。她完全能感受到柳光對蛾翅的忠誠和尊敬，但她又怎麼能無視蛾翅無法完全履行巫醫職責這一件事呢？霧星停下腳步，轉身面對柳光。

「我瞭解真相。」她嚴肅地說，「在我接受九條命時，蛾翅沒有和我一起走進星族。因此，妳才會提出妳也要去，對嗎？」

柳光點點頭，藍色雙眸中滿布痛苦。「這不是蛾翅的錯。她是河族有史以來最棒的巫醫！」

「可是到月池與星族交流、辨別來自祖靈的預兆，這些又怎麼辦呢？這都是巫醫的職責。」霧星點出重點。

「我可以幫忙做這些事！」柳光語氣堅定地說。

她踩踩前掌下的一片鳳尾蕨葉。「我剛開始到這裡時，葉池就進入過我的夢。她教會我蛾翅教不了的東西。我懂的知識已足夠使用，我保證！」

霧星搖搖頭。「我相信妳，小傢伙。但是妳還太年輕，無法獨自承擔全部的責任。蛾翅早該在我們走到這一步之前，將真相說出來。」

柳光抖抖皮毛，張嘴想說什麼，卻被霧星伸掌制止。「別說那些可能讓妳後悔的話，柳光。」她警告道，「這件事還輪不到妳做決定。去替蛾翅採集藥草吧，我們待會營地見。」

柳光閉上嘴巴，咬緊牙根，跳躍在草叢中。霧星望著她離去，發愣了一下，然後轉身回到營地。蛾翅正站在空蕩蕩的營地中央等她。

「妳跟柳光談過了嗎？」蛾翅問。

霧星點點頭。「妳有一名忠誠勇敢的見習生。」她評論道。

「我為她感到無比自豪。」蛾翅表示贊同，「但我……我與星族之間的關係，與她毫不相干。妳不應該問她這些。」

「這與她息息相關。」霧星反駁道，「妳應該將她訓練成一名真正的巫醫。這意味著她得步入星族，與我們的戰士祖靈交流。」

蛾翅的頸毛豎立起來。「我從未阻止柳光去做這些事。我永遠不會告訴她應該或不應該相信什麼。」

「但妳也同樣該信仰星族。妳是我們的巫醫。難道妳看不出，妳將整個生活編織成一個謊言，妳是在背叛妳的部族嗎？」

「我沒有撒謊。」蛾翅低吼道，「我從未假裝去做任何我辦不到的事情。」

霧星對老朋友怒目而視。「事實上，我想妳已經那樣做了。妳無法解讀來自星族的預兆，也無法在月池裡走到我們的祖靈中，這已經是在拿部族的安危冒險。我很抱歉，蛾翅，但妳不能再把自己看作是巫醫了。」

第五章

蛾翅彷彿被霧星擊中了一樣，身子朝後一縮。「這麼多個季節以來，我為我的部族效勞。」她爭辯道，「我像照顧自己的孩子那樣，捍衛每隻族貓的健康。豹星就十分信任我。」

「豹星並不瞭解真相。」霧星氣憤道，「對嗎？」

蛾翅搖了搖頭。「是的。」她承認道。無盡的悲傷充斥她的雙眼。「那妳現在想怎樣？」

霧星甩甩尾巴。「我不知道，讓我好好想想。跟柳光一起繼續保護妳的藥草吧，我不希望部族裡的每隻貓都知道這件事。」

她轉身離開，心中翻滾著滔天駭浪。她剛才真的想撤除自己的巫醫嗎？**喔！星族啊，祢們明明曾有機會，卻為何不將真相告訴我呢？**

一陣急促的腳步聲傳來，錦葵鼻出現在狩獵巡邏隊的最前面。他將嘴裡啣著的一條小魚放在新鮮獵物堆上。

知更翅、花瓣毛和鯉尾也在那條小得可憐的魚旁邊放下大小相當的獵物。鯉尾的見習生苔掌身上有很濃的綠草味，卻無法貢獻任何能吃的獵物。

霧星沮喪地望著食物。「就這些？」她嘆了口氣，「這連餵養塵毛的孩子都不夠多，更別說我們了。」

「很抱歉。」錦葵鼻沮喪道，「水流回來了，大魚卻沒回來。湖裡是空的。」

「只有野草。」苔掌生氣地插嘴道。她吃力地將黏滑的水草要從耳朵上扯下。

「我警告過妳，那塊石頭很滑。」鯉尾嘆息道。

霧星覺得內心一陣慌張。「那我們就必須到別的地方尋找獵物。從今天開始，大家可以到湖以外的地方狩獵不同的獵物。」

苔掌扮了個鬼臉。「噁！誰會想要吃毛髮和鬍鬚？」

錦葵鼻甩她一尾巴，吼道：「任何一隻不想餓死的貓！」

「星族不肯把魚帶回來，祂們一定真的非常恨我們。」苔掌哀號著。

霧星嚇得豎直全身的毛髮。**星族不會是因為我們讓蛾翅當巫醫而懲罰我們吧？不，當然不會。早在我們來到湖區之前，她就是我們的巫醫了。只是星族現在為何要這樣對我們呢？如果他們給予某個指引我們尋找更好獵物來源的預兆，又有誰能看到它？**

入口處的灌木叢晃動起來，蘆葦鬚走了進來。「黑星說，他很遺憾聽到豹星失去最後一條性命的消息，並期待在下次大集會向妳道賀。」他向霧星報告，接著目光落在小小的魚堆上。

「偉大的星族呀！大家都吃過了嗎？」

「沒有。」霧星說，「我們正在討論，要在魚兒回到湖裡以前，尋找其他狩獵場所。」

蘆葦鬚點點頭。「如果妳願意的話，我可以帶領一支巡邏隊去沼澤。薄荷毛？」他對著正在空地另一頭清理自己的淺灰色公貓喊道，「你要不要帶著見習生，溯溪而上，看看能不能在邊界的蘆葦叢中找到些什麼？」

霧星聽到蘆葦鬚下達這一連串命令感到有些詫異。接著她才想到，他現在是副族長了，組織巡邏隊是他的任務。

「好的，謝謝你，蘆葦鬚。如果可以的活，我跟你們一起去吧？」

蘆葦鬚停頓了一下。「當然可以。冰翅、卵石足，你們一起來嗎？」

兩名戰士剛完成邊界巡邏回來，但他們都點點頭，快步跑上前。

霧星跟在他們身後，從營地魚貫而出。她感覺到蛾翅正在巫醫窩入口看著自己，但她沒有回頭。只要讓她去凝視老朋友的雙眼，她就會想到她一直隱瞞著一個可能威脅整個部族的祕密，這令她痛苦難耐。

一陣狂風吹過沼澤，帶來雨水的氣息。霧星在溼漉漉的地面跋涉前進，在多刺的草叢跳躍，整個後背的毛髮根根豎立了起來。

湖水拍打石岸的聲音，彷彿在發出誘惑的邀請。但霧星提醒自己水裡是空的，結束乾旱並無法為河族的飢餓畫上句號。

喔，星族啊，漣尾的死亡難道一點意義都沒有嗎？

忽然，一隻野鼠從草叢裡竄出。冰翅突然愣住，當這隻白貓做出撲擊反應的剎那，為時已晚。野鼠拔腿狂跑。冰翅被地面一個泥濘的凹坑絆倒了，野鼠似乎安全脫險。

此時，霧星意識到野鼠正朝自己的方向而來，於是立即向前一撲，用前掌控制住牠的去路，接著猛地低頭，讓野鼠的性命終結在她的嘴裡。她用力一咬，那個小傢伙便倒在她的腳邊。

「幹得好！」蘆葦鬚喊道。

霧星看著在自己身邊停下，喘氣的冰翅。「這是我們合作無間。」她補充道。

冰翅上氣不接下氣地點點頭。

前頭的卵石足正準備走到一棵迎著風面的松樹下。「我看見了一隻松鼠。」他向身後喊道。

「別跟著牠爬上去！」霧星警告道。毫無疑問，河族貓不屬於樹林。「等牠下來再說。」

卵石足不耐煩地用爪子抓撓樹幹。

一個灰色的東西一閃，松鼠從矮枝上落下，準備穿過沼澤，毛茸茸的尾巴一起一伏。

卵石足拔腿便追，後腳掀起一團團碎草葉和泥濘。霧星才發現，卵石足跑得太快，根本沒注意自己跑向何處。

「停下來，卵石足！」她尖叫道，「你離邊界太近了！」

蘆葦鬚朝族貓追去，但松鼠越過最後一堆沼澤草叢，進入風族領地，朝一道斜坡跑上去。卵石足緊追不捨，恰巧遇上剛繞過山脊的風族巡邏隊。他們滿臉氣憤的神情。

一隻名叫蟻皮的棕色戰士跳到前面，阻擋他的去路。
「入侵者！小偷！」他厲聲斥喝道。

第六章

「他不是在偷獵物！」霧星吼道。她大步跨過氣味標記，在受到驚嚇的族貓身旁急停下來。

「非常抱歉。」卵石足含糊地說，「我沒注意自己已經跑到哪了。」

蟻皮毛髮直豎。「哦，我想你非常瞭解自己跑到哪裡了。」他冷笑道，「跑到擁有更多獵物的領地上嘛！」他的目光打量著河族戰士們。

當霧星透過外族貓的目光意識到自己的族貓早就餓得骨瘦如柴時，內心不由得一顫。顯而易見，河族貓這一季的每餐都是有一頓沒一頓的。

風族副族長灰足走上前幾步。「霧星，我聽說豹星的死訊，真的非常難過。但妳任由妳的戰士跑進我們的領地，這是在做什麼？難道妳忘了更新妳們的邊界標記嗎？」

儘管對方語氣和緩，但霧星能聽出話外的

指責之意。

誰會允許自己的巡邏隊越過邊界，除非有其他目的，不然這族長根本魚腦袋？

「很抱歉，灰足。」她儘量讓自己的皮毛保持平順。「這的確是個失誤。卵石足只是因為追逐一隻松鼠而不小心走偏方向。」

「好吧，但松鼠現在屬於我們了。」蟻皮插嘴道，「因此，你們可以在我們採取行動之前，將你們惡臭的身體從我們的領地上移開。」他抬起一隻前掌，露出鋒利的爪子。

卵石足與他怒目相視，早已豎直背脊上的毛髮。

「蟻皮，夠了！」灰足命令道，「霧星，帶妳的貓回家吧。我建議妳更新邊界的氣味標記，提醒妳的戰士只能在自己的領地內狩獵。」

霧星感到無比羞愧。她點點頭。「沒問題，灰足。願星族照亮妳的路。」

「妳也一樣。」灰足簡短地說完，甩甩尾巴，開始呼喊她的戰士。「蟻皮，把你的爪子收起來。走吧，回營地去。」

風族貓在草皮上狂奔離去。他們壓低腹部，直接從草叢上掠過。

霧星一步不停地帶領族貓遠離風族邊界，直到穿過風族標記！其實氣味非常濃烈。

卵石足的頸毛仍然豎立著。「蟻皮對待我們就像對待老鼠一樣！」他氣呼呼地說，「灰足竟然敢指使妳去更新邊界氣味標記。妳是族長，她只是副族長。」

霧星嘆了口氣。「她只是在表明立場罷了，卵石足。畢竟，你的確犯錯，越過了邊界。我們還是看看能否在不跑到另一個部族領地的情況下抓到獵物吧。」

她看著她的戰士們在沼澤中散開。為了避免被草叢絆倒，他們都抬高腳，還紛紛垂下耳朵，努力嗅聞獵物的氣息。

我們接受的是抓魚訓練，而不是抓老鼠和野鳥，她心想。**我們就像住在乾涸土地上的幼貓一樣無助。喔，偉大的星族啊，祢為什麼要讓我們挨餓呢？**

⚡⚡⚡

三天後，新鮮獵物堆依然少得可憐。霧星盯著飄浮雲朵附近的半月發呆。每到這個晚上，四個部族的巫醫將會在月池集合，一起和星族交流。霧星忽然想起以前半月的情形，意識到蛾翅幾乎每次都會以某隻貓生病、或幼貓需要她照顧等等理由留在營地，讓柳光代替自己去。豹星怎麼會沒有發現蛾翅那麼頻繁地回避自己的責任？

霧星和族貓們在營地周圍的灌木叢中狩獵了一天，卻毫無收穫。此刻，她守在她的窩外面，等待其中一隻巫醫離開。她看到蛾翅從岩石間露出頭來。在那一刻，霧星覺得這隻金毛貓或許會為了證明自己有資格作為河族巫醫而做最後一次嘗試。但緊接著柳光從她身後走了出來。

「記得感謝松鴉羽給我們藥草。」蛾翅說道，「還有，問問隼翔，裂耳用過綜合調出的藥膏後，咳嗽的狀況有沒有好轉？」

柳光點點頭。「再見。」語畢，她挺起胸，跟蛾翅輕觸頭部道別。她不安地看了霧星一眼，快步跑出營地。

霧星站起來。蛾翅已經回到岩石後的暗影中，除了躺在窩裡熟睡的戰士們的打呼聲，空地上一片寂靜。霧星大步鑽出鳳尾蕨屏障，來到湖岸邊。她沿著湖岸漫步，感受著腳下光滑的石頭。閃爍的繁星倒影在水面上旋轉舞動，空蕩蕩的湖水像是在嘲笑河族貓和他們飢餓難耐的肚子。

霧星望著銀色的波光，極度渴望裡面是否能有某個預兆。他們是否應該用不同的方式抓魚？魚群快回來了嗎？也許飢餓就要結束了。

但現在，她怎樣才能知道是否有等待發現的預兆？她又不是巫醫。她低吼著並將爪子插入布滿小卵石的沙洲中。是蛾翅害她無法有自信地領導部族。

「喔，石毛！」霧星低聲呢喃，「只靠我自己，根本辦不到。」

ϟϟϟ

霧星整晚輾轉難眠，在窩裡怎麼睡都睡不好。新鮮苔蘚臥鋪似乎長滿了刺，她肯定裡面一定有金雀花刺。當第一縷陽光透過花楸樹的枝條照射進來時，她跳起來，跑進空地。

霧星一眼就看到柳光在巫醫窩裡甩動著灰色尾巴。她走上前去，站到巢穴入口外。兩隻巫醫在暗處瞠目望向她。

「柳光，從現在開始，妳是河族唯一的巫醫。」霧星宣布道。她心跳加快到讓她忍不住將爪子深深插進泥土，以防止四肢發軟。「蛾翅將不再和妳一起生活在這個巢穴中。」

「這不公平！」柳光大聲說，「我還有太多東西需要學耶！」

「星族會幫助妳的。」霧星說。她看看蛾翅，蛾翅正嚴肅地凝視她。「這件事我已經想了很長一段時間。蛾翅，妳為河族服務非常久，我們深懷感激。妳將成為一名長老，得到很好的照顧。沒必要讓別的貓知道……任何事情。」

蛾翅上前一步。「霧星，我知道妳想懲罰我。」

「這不是懲罰！」霧星打斷她的話，「我是在做對部族有利的事情。」

蛾翅抽動耳朵。「難道妳不覺得，失去豹星之後，部族最近已經遭遇太多變化嗎？等他們適應之後，再讓他們接受別的變化吧。並不是只有妳才關心他們，霧星。我會在下次大集會上宣布隱退，但不是現在。」她那雙炯炯有神的藍眼中隱藏著怒火。

霧星咬牙忍住嘶吼。

她一定明白我別無選擇！如果不相信星族的存在，她就不能成為巫醫！

「好。」她嘶嗚道，「這個月剩下的時間，妳還可以留在這裡。」

她開始朝後退去，但蛾翅走向她，又停住。蛾翅將口鼻貼近霧星的耳朵輕聲說：「我很抱歉。」

我也是，妳是我最親密的朋友。霧星心想。但沒什麼好說的了，她點點頭，迅速地從岩石邊退去。每走一步，她的心都彷彿碎掉一塊。

「霧星！看這個！」是塵毛的孩子小豆在說話。他已經把爪子插入一根樹枝準備把它拖進育兒室。

「我抓住了這隻巨大的魚，我會餵飽整個部族！」他自豪地尖叫著。

霧星發出呼嚕聲。「做得太棒了，小豆。但要保證不讓牠先把你吃掉。」

「才不會咧。我一掌就能把牠殺死。」

塵毛出現在育兒室的入口外。「小豆，希望你沒有打擾霧星。」

「他沒有，」霧星安慰道，「要是他能抓到那麼大的魚，恐怕我們都得讓他成為戰士了！」

「真的嗎？」小豆瞪大眼睛，氣喘吁吁地問。

「當然不是。」他的手足小卷從母親身後擠出來說道，「你真是太好騙了！」

「不准對妳哥哥沒禮貌。」塵毛斥責道，「如果你們倆不能一起好好玩，那其中一個就得回窩裡去。」

「是她先的耶。」小豆生氣地用小爪子撕扯掉木棍上的樹皮。塵毛眼珠一轉。「請告訴我情況在好轉。」她懇求霧星，「這幾天，我覺得除了從頭到晚一直指責他們，我什麼事都不能做。」

「情況的確在好轉。」霧星向她保證，內心深處卻隱隱作痛，她與四隻愛玩的小貓共同度過的時光這麼快就成了過去。

塵毛似乎意識到自己說了不該說的話，不安地換了個姿勢。「妳成為我們的族長，我們真的很開心。」她誠懇地說，「不是我不喜歡豹星。只是所有的貓都覺得，妳才是河族最好的選擇。」

即便我讓你們挨餓，我也是個好族長嗎？霧星忍不住質疑起來。**當我們在下個月圓之夜失**

去一名巫醫時，他們又會怎麼說？

「有件事我想跟妳談談。」塵毛繼續說道，「我發現小卷某天在溪水邊玩耍時，整個肚子都沾上泥巴。我想我們是不是應該設置一些屏障，讓小貓們不要太靠近水邊。我知道那裡屬於領地邊界，只是我真的擔心會有小貓發生意外。」

霧星點點頭。「妳說得對。最近的雨讓岸邊變得非常溼滑，我自己都差點在那裡跌倒。我會提醒草皮，看他能不能想想辦法。他可以找見習生們幫忙。」

「他一定能。」撲尾一邊哀嘆，一邊走出長老窩。「我臥鋪裡的苔蘚今天本來就該換了，可是我們連一個見習生的影子都沒看見。」

卵石足抬起頭，放下在嘴上無趣地咀嚼著的老鼠。「真的嗎？我確定我已經告訴過急掌和穴掌，在我們之後進行格鬥訓練前要做些什麼。」

「是嗎，那我們得好好檢查一下他們的聽力。」撲尾不耐地說。

卵石足把面前的老鼠殘渣推高，站起身。「如果你沒有看到他們，那他們在哪裡？」他似乎百思不得其解。

「也許他們先去收集新鮮苔蘚了。」霧星說。她不希望見習生們陷入不必要的麻煩。

知更翅穿過空地，在戰士窩外放下一捆苔蘚。「我收集苔鮮時，沒有見到他們。」他補充道。

鱒魚掌和苔掌合力拖著一隻血淋淋的黑毛動物走進營地。

「是老鼠嗎？」小卷尖叫道，「噁心！我絕不吃這種東西！」

塵毛用尾巴彈了彈女兒的耳朵。「那妳就只能餓肚子。」她教訓道，「現在可不是挑食的時候。」

霧星上前迎接見習生和她們的導師灰霧與鯉尾。「妳們有看到穴掌和急掌嗎？他們本來應該清理長老窩的，但誰也沒看見他們。」

灰霧皺起眉頭。

「他們不在沼澤區。妳看到鱒魚掌和苔掌抓到的東西了嗎？這應該夠我們吃上一陣子。」鱒魚掌自豪地望著那具血淋淋的獵物屍體。「我們費了一番功夫才把牠拖回來。」她很驕傲地大聲說，「我的牙齒到現在都還在疼。」

對於吃老鼠，霧星跟小卷有同樣的感受。那是影族的食物，不是河族的。但她仍點頭稱讚道：「幹得好！不過，穴掌和急掌去哪裡了呢？」

苔掌聳聳肩。「我不知道。昨晚，我準備睡覺的時候，他們在那裡嘀嘀咕咕的，但我沒聽清楚他們究竟在討論什麼。」

霧星感覺到四肢發軟。難道她正在失去對整個部族的掌控嗎？沒有魚，陸地上獵物稀少，一名不相信星族的巫醫，現在又有兩名見習生失蹤？

就在這時，巫醫窩後面的荊棘屏障晃動了起來，急掌和穴掌出現了。他們倆的表情很悠哉，但身上毛髮有些凌亂，嘴裡各自叼著一捆苔蘚。

「你們去哪裡了？」卵石足質問，「長老窩早該清理好了！」

穴掌放下滿嘴的苔蘚，「我們剛剛在收集新鮮苔蘚！」他回嘴。

撲尾用腳掌戳了戳布滿灰塵的苔蘚，「哪裡收集來的？其他貓又髒又舊的窩嗎？」

「你拿我收集的苔蘚去用吧。」知更翅喵聲道。他對見習生瞇起雙眼，「我不知道你們是從哪裡找來這些苔蘚的，但以後請繼續用我們日常補給的那些就好，行嗎？沒道理用那些不舒適的苔蘚來鋪床，尤其是長老的窩。」

「隨便吧，」急掌咕噥道，「我們只是想幫忙。」

霧星認真地觀察著見習生們。從他們凌亂的皮髮來看，他們似乎為了替長老找苔蘚，進行了長途跋涉。他們說的是真話嗎？或者他們同時也在尋找什麼東西？她的心裡忽然掠過一絲恐懼：他們也許是嘗試自己捕魚。湖邊水位很高，未成年的年輕貓兒是被禁止捕魚的。她必須提醒卵石足和蘆葦鬚，之後的巡邏過程中盯緊他們。

見習生們拉出撲尾和斑鼻的舊苔蘚，替換上知更翅採集的新鮮苔蘚。接著，他們跟族貓們一起來到新鮮獵物堆旁。族貓們開始分配食物。

霧星發現穴掌和急掌只分享了一條小魚。他們是在為自己行為不當感到內疚嗎？她嘆了口氣。無論他們做了什麼，她都不希望自己的任何一個族貓用更沉重的飢餓來進行自我懲罰。

她望向守護著巫醫窩的岩石。柳光和蛾翅似乎盡可能地回避霧星。柳光是否會更加留意星族預兆？還是，星族根本就已忘記他們了？

第七章

一連串的狂風暴雨氣候，將河族貓困在營地裡。如果只是游泳，他們倒是不介意把毛髮弄溼。但他們跟其他任何部族一樣，非常討厭傾盆大雨。終於，風勢變小了，暴雨也減弱成毛毛細雨。

霧星和蘆葦鬚站在湖岸邊的岩石上，凝視著水面。水比原來略微清澈了點，偶爾有一兩個銀色小身影在暗處穿梭，但仍沒有鱒魚或鯉魚之類的大魚出現。

卵石足踩著碎石朝他們走來，嘴裡喊道：「今天抓魚有收穫嗎？」

蘆葦鬚搖搖頭。「沒有，除非你又想追逐小魚。呃，我正打算告訴你，穴掌和急掌想問問，今天他們倆能不能自己做一些格鬥訓練。他們知道針對他們的測驗很快就要到了，想練習一下我們教他們的蹲伏和跳躍技巧。」

卵石足一臉訝異。「我沒想到他們會這麼認真地看待測驗。有時候我甚至懷疑，急掌是不是想在長到十二個月大時，直接加入長老的行列。我從來沒遇過像他那麼擅長找捷徑做事的見習生。」

霧星哼了一聲。「也許他會成為一名非常有效率的戰士。」她走回岸上，兩名戰士分別走在她兩旁。抵達營地前，她小聲說：「我們不能再繼續等大魚回來了。我們的領地太小，獵物根本不足以養活我們所有的族貓。我們必須考慮擴展到上游。」

「這似乎是唯一的選擇。」卵石足贊同道，「狩獵巡邏隊已經在超出邊界一點的蘆葦叢中抓到過一些鳥類。妳覺得我們要走得更遠一點嗎？」

霧星點點頭。「今天，我將親自帶領一支巡邏隊朝那邊前進。目前我還不想所有族貓知道擴展領地的消息，就跟其他貓說我們外出找食物就好。」

「需要我一起去嗎？」蘆葦鬚問道。

「不，謝謝你。我想讓你帶一支巡邏隊沿著風族邊界更新氣味標記，以防他們虎視眈眈地等我們再次越界。卵石足，麻煩你帶領一支狩獵巡邏隊到沼澤地。」兩名戰士遵從指令。

回到空地後，蘆葦鬚開始挑選他和卵石足巡邏隊的成員，霧星則四處尋找陪同她去上游的貓。她正打算叫草皮時，蛾翅走了過來。霧星覺得自己的毛髮立即豎了起來。她為什麼會有這麼強烈的敵意？蛾翅曾經是她的朋友！

蛾翅的藍眼眼神中透露了不安。「妳知道穴掌和急掌在哪裡嗎？」

「他們正在進行戰士測驗。」霧星告訴她。

「妳確定嗎？我聽說，他們告訴苔掌和鱒魚掌，他們發現了一些任何戰士都不知道的東西。但他們不能說那是什麼，因為那是一個大祕密。妳有沒有覺得他們可能偷偷摸摸在做些什麼？」她積極地問道。

雲星很想像過去那樣，跟蛾翅開誠布公地交流。**我一直以為我們能夠共同領導部族！**但是，不論見習生們試圖隱瞞些什麼，都比不上蛾翅掩蓋的祕密大。霧星想不到有什麼辦法可以讓她們的關係回到從前。

「也許他們只是想炫耀。」她對蛾翅說，「別替他們擔心。」她的語氣中不由自主地帶著輕視。

蛾翅彷彿咬到舌頭，忍不住退了一步。「我只是想讓妳知道。」她說完，不等霧星再開口，便轉身離開。

霧星強迫自己把注意力放在前往上游領域的巡邏任務上。「草皮，能到這裡來一下嗎？還有帶冰翅和薄荷毛過來。」

三名戰士小跑過來。當霧星提出要去邊界以外的地方探索時，他們興奮得連毛髮都豎了起來。

「很有道理，反正我們在營地周圍無法得到足夠的獵物。」草皮贊同道。

「需要我們設立邊界標記嗎？」冰翅問道。

「暫時不需要。」霧星說，「我不清楚我們今天會走多遠。目前，我只打算去看看有沒有獵物的可能性。」

他們離開空地，一路走向狹窄的溪流邊緣。正如塵毛所說，近期的雨水使得岸邊變得泥濘溼滑，霧星感覺每走一步都會陷得更深。

貓兒們始終沿著岸邊前進。他們在深草叢中低俯前行，直到出現在圍繞河族領地的樹林外圍。溪水就在腳下翻騰滾動，即使貓兒們願意，他們也不可能在這裡抓魚。

霧星將爪子插進泥地裡，沿著陡峭的斜坡吃力地往上爬。她腳下不斷打滑，身上的毛髮很快便沾上紅棕色的泥巴。身後冰翅的情況要好些，因為她的體型更輕巧，似乎能在不那麼溼的一個個草堆中持續跳躍。草皮神情嚴肅地走在後面，每次打滑就會低聲詛咒一番。

於是，霧星的爪縫中塞滿了泥巴，直到她再也無法在堤岸上站穩。她爬到斜坡頂上，從堤岸邊緣望去。

一望無垠的坡地在溪流兩側延伸而去，深綠色的草地泛起陣陣漣漪。

霧星覺得自己在寬闊的灰色天空下過於暴露，於是蹬起後腿，從草叢上方窺視外圍。蔓延的草地在一排像雲朵顏色般在兩腳獸窩前終結，三隻兩腳獸並肩站在一起，深色葉片植物沿著牆面向上生長。

霧星凝視著，她發現一間巢穴旁有影子閃過——似乎是灰棕色的身影。

「寵物貓！」身旁的草皮低吼道，「看起來有兩隻。」

第二個身影出現在前一隻貓旁邊，接著兩個都在巢穴側面消失。

「如果附近有別的貓，那我們的獵物恐怕就會變少。」冰翅說道。她背上毛髮豎立著，顯然他們離開領地，並且置身在如此開闊、不受保護的環境，感到十分不舒服。

霧星抬起頭，張嘴嗅聞空氣。「我聞不到任何貓的氣味。如果寵物貓能從他們的兩腳獸那裡得到足夠的食物，就不會大老遠跑到這裡狩獵吧？」

「也許吧。」草皮嘶聲道。他開始豎直耳朵，用口鼻探路，在草叢中前行。「這邊。」他轉頭低聲道。

霧星和冰翅跟在他身後，順著草地邊緣前進，朝長在溪流岸邊上的一叢荊棘走過去。草皮放慢速度，直到他們抵達荊棘叢。他壓低身體，腹部幾乎緊貼地面。然後，他伸展兩隻前爪撲了出去，尖叫聲在空中迴響著。霧星和冰翅跑了過去，發現他正站在一隻沒毛的小老鼠面前。他們衝上去殺死這些幼鼠，既迅速又小心以免這些脆弱軀體變得零碎。

等到一切安靜下來，他們才站起身，低頭打量剛得到的一堆新鮮獵物。

「做得好。」霧星稱讚草皮。

她的族貓聳聳肩：「這很難跟湖裡滿滿的魚相提並論。」

「不過這是好的開始。」冰翅說。她抓著老鼠，用牙齒咬住牠們的尾巴。眾貓立即上前幫忙。然後他們開始返回溪水下游，一邊努力保持著平衡，一邊努力讓獵物不被沾上汙泥。

回到營地後，族貓們飢餓難耐地看向他們帶回的獵物。

「老鼠跟魚一樣好吃。」小豆咀嚼著一隻老鼠的粉色耳朵說道。

老鼠多得足夠每隻貓都分到半隻。霧星看看族貓們狼吞虎嚥的樣子，心中湧上一股滿足感。也許到上游更近的地方狩獵，才是等魚回來以前的最棒決定。她仰望天空，想知道她的戰士祖靈們是否贊同？

如果蛾翅聽不到祢們的消息，祢們是否會向柳光顯示預兆呢？

新鮮獵物堆旁邊的聲音轉移了她注意力。

「妳不能再吃了，苔掌。」是蘆葦鬚在說話，「穴掌和急掌還沒有吃呢。」

「他們想吃就應該在這裡才對。」苔掌爭辯道。

「他們來了。」灰霧說。果然，兩名見習生慢跑著穿過入口。

「快看！」錦葵鼻喊道，「有新鮮老鼠！」

「太棒了。」穴掌的語氣聽起來沒有很興奮。

「你們的格鬥技巧練習得如何？」霧星問。她仔細觀察著兩隻年輕的貓，想起蛾翅曾說他們倆私下的吹噓。

「很不錯。」急掌說。

「我是最棒的。」穴掌宣布道。

「你們去哪裡了？」霧星追問。

急掌顯得有點驚慌。「呃，妳知道冬青樹旁邊的那片接骨木叢嗎？那下面有一塊空地，非常適合格鬥訓練。」

「很好。」霧星低聲說。她對於開始懷疑他們感到內疚。「蘆葦鬚留了一隻老鼠給你們。」

見習生們互看一眼。「我們現在還不餓。」穴掌說，「我們可以晚點再吃嗎？」

「當然沒問題。」霧星轉過身，卻又轉過頭說，「你們這麼努力地練習，表現很好。我知道現在情況不好，但我為你們堅持訓練感到自豪。」

急掌甩甩尾巴。「我們只是做任何忠誠的貓都會做的事。」他語氣堅定地說，「妳可以相信我們，霧星。」

第八章

霧星把重心放在後臀上，以免朝前翻滾跌落。然後，她把腳掌伸進水中，將爪子插進小魚窄窄的身體裡，成功地將牠甩到身旁的石頭上。

小魚翻騰了幾下後就一動也不動。

「幹得漂亮！」一個聲音喊道。

霧星嚇了一跳，抬頭看去。甲蟲鬚正在岸上注視著她。在灰暗石頭的映襯下他棕白色的毛髮格外顯眼。

「連一口都不夠。」霧星盯著自己抓到的小魚，失望地說。

早晨，蘆葦鬚已經帶領一支巡邏隊前往上游領地外的地方，試著搜尋更多獵物，但霧星還是想親自查看湖裡的狀況。

「至少大魚正在洄游。」甲蟲鬚鼓勵道。

霧星偏頭問：「是這樣嗎？」

甲蟲鬚點了點頭。「喔，我敢保證。昨天我看到了一條巨大的鱒魚，比我的尾巴還要長。不過蛾翅叫我別去抓牠。」

「她這樣說？」

「沒錯，說是那樣才能讓湖中的魚群再度建立起來。她說我們盡量讓更大的魚在數量上多一些，才能進行繁殖，然後我們再捕捉牠們。」

霧星吃驚地張大嘴巴：「她沒有跟我提到這些。」

甲蟲鬚眨眨眼睛。「也許她以為妳也是這樣想吧。」但他的語氣聽起來有些不自在。霧星為自己這樣盤問他感到有些內疚。畢竟，她該詢問的對象可不是他。她站起來，叼起小魚。

「我還是先把牠放到新鮮獵物堆去吧。」她喵聲說，「待會見。」

她留下站在岸邊悶悶不樂的戰士，自己鑽過鳳尾蕨叢，回到營地。她將魚放到獵物堆中，走向巫醫窩。蛾翅正獨自在裡面清理一堆堆的葉片。

「妳為什麼讓甲蟲鬚不要抓那條鱒魚？」霧星問道。

蛾翅抬起頭。「因為我們首先需要讓湖區環境恢復。」她喵聲說，「大魚一出現就開始狩獵牠們，有什麼幫助呢？」

「這應該由我決定。」霧星堅稱道。她知道自己很固執，蛾翅說的是對的，但她始終覺得自己的威信正暗地裡被破壞。

「妳願意聽嗎？」蛾翅說到重點，「而且我也有權利發表意見，不是嗎？」她的眼神中帶著不高興的情緒，這令霧星更加憤怒。

「妳知道嗎？我不會再相信妳了。在妳對部族撒謊星族的事情以後，我就不再相信妳了。」

「我沒有撒謊！」蛾翅反駁道。

「但妳的行為就是故意讓我們誤以為妳能成為我們的巫醫。」

蛾翅盯著她：「妳是說，無論我做什麼，妳都不會再相信我嗎？」

霧星的尾巴垂了下來。「我想是的。」她低聲說，「一切都錯了。部族依然在挨餓。我需要讓星族知道，祂們可以隨時向我們展現預兆。」

「要是柳光看見，她會告訴妳。」

「她真的會看見嗎？還是說她過分忠誠於妳？」霧星忽然感覺非常疲倦，「接受現實吧，妳無法擔任巫醫了，蛾翅。別讓星族澈底放棄我們。」

蛾翅將尾巴蜷在身後，走出巫醫窩。「霧星，妳不能因為我不相信星族，就放棄對祂們的期待。」她邊走邊低聲說。

霧星跟著蛾翅走到高疊的石堆時，聽到新鮮獵物堆旁傳來一陣小騷動。苔掌正在跟鱒魚掌爭論誰應該吃最後一隻松鼠。

至少他們現在變得對河族領地以外的獵物感興趣，霧星心想。她沒有力氣去解決見習生們的爭論，於是徑自走出營地入口，朝領地中央而去。那裡的灌木叢更茂密，走在下面安靜且隱蔽。她找到一片掉滿乾樹葉的地方，蹲伏下來。

她聽著冬青葉的葉子在微風中沙沙作響，凝視著葉片飄落在接骨木花花瓣，心中有些不安。急掌說他們練習戰鬥技巧的地方，就在冬青葉旁的接骨木花叢下，就是這裡嗎？霧星環顧四周。

在他們的領地上，冬青樹並不常見，她很相信沒有其他的冬青樹離接骨木這麼近。可是，這裡的地面十分光滑。滿布落葉的地面未曾發現足跡——這裡很久沒貓來了。急掌是在撒謊嗎？

霧星聳聳肩。晚一點，她會再去看看見習生們究竟在哪裡。不管他們做什麼，她都不會追究。

她閉上雙眼，想像族貓在沼澤地漫步，在上游獵食的情景。甲蟲鬚說的話是真的嗎？鱒魚真的正在回到湖裡？如果這是真的，戰士們能堅持到水裡魚兒充足的那一天嗎？

霧星感覺到一股暖流噴向她的耳朵，熟悉而心痛的氣味將她包圍。「除了湖裡面，還有更多的獵物來源。」一個聲音說道。

霧星轉頭，定睛觀向黑暗處。

「石毛，是祢嗎？」

除了寂靜，什麼也沒有。不過石毛來找她了，這代表星族仍在看顧他們。

我們會倖存下來！霧星高興地想。

忽然，枝葉晃動的聲響傳了過來，蘆葦鬚穿過灌木叢。「霧星，快來！穴掌和急掌遇到麻煩了！」

霧星一躍而起：「他們在哪裡？」

蘆葦鬚一個急步停止，表情凝重。「就在兩腳獸窩旁邊。」

霧星沒有再問仔細，只是跟隨副族長的腳步穿過灌木叢，朝溪邊狂奔，順著泥濘的堤岸向領地外衝去。

偉大的星族啊！穴掌和急掌在那裡做什麼？他們不是蘆葦鬚巡邏隊的成員嗎？

蘆葦鬚爬上堤岸，霧星緊隨在後。兩隻貓站在石頭上喘息著。

蘆葦鬚用尾巴指了指，「錦葵鼻、灰霧和知更翅就在邊界旁。妳看到了嗎？」

霧星瞇起眼睛阻擋狂風的吹襲。她只能分辨出幾隻族貓模糊的身影。他們正匍匐在標記著土地邊界的長條石牆旁邊。「見習生們在哪裡？」

「就在牆的另一邊，靠兩腳獸窩那裡。他們在一個轉彎處遇到兩條狗。」蘆葦鬚望著霧星，「情況危急。」

「我們必須救出他們。」霧星說。

「當然。」蘆葦鬚贊同道，「我只是想提醒妳而已。」

但霧星已經在草地上拔腿狂奔，每一步都高高躍起，避免被稠密的綠莖絆住。蘆葦鬚在她身後幾步緊跟著。他們倆同時衝到其他貓守候的牆下。

「狗還在嗎？」蘆葦鬚問道。

灰霧點點頭。她眼睛瞪得斗大，身上的毛全都蓬鬆開來。

霧星立即躍上牆的頂端，當她看到兩隻巨大的黑棕色狗就在兩腳獸窩旁邊狂吠時，差點摔了下去。河族見習生正在一小塊石板下瑟瑟發抖。一條狗的口鼻探向石板下。

穴掌尖叫著：「救命！救命！」

「滾開，你這個蠢蛋！」急掌怒號著。

霧星看見他的一隻腳掌伸了一下，抓扒狗兒的鼻子。狗只是甩甩腦袋，再次咧開嘴巴，下顎掛著兩道口水。

「偉大的星族啊！」霧星驚呼。

「妳和其他族貓去分散狗的注意力，我順著牆走到木條，」蘆葦鬚用尾巴示意灰牆延伸到兩腳獸窩的一條條窄窄的木頭，「然後帶穴掌和急掌出來。」

「你自己走的話，那太近了。」霧星打量著木柵欄和小石牆間的距離，焦急地說。

「但見習生們無法自己逃出來。」蘆葦鬚說，「妳必須相信我。」

霧星盯著自己的兒子。「我非常相信你。但你一定要小心。」

「我會的。」蘆葦鬚向她保證道，「我比妳更在乎這條命。」他轉頭開玩笑道。接著他指示蹲伏在牆下的戰士。「到這裡來。」灰霧、錦葵鼻和知更翅爬上牆，在霧星身旁站穩。

蘆葦鬚開始沿著石牆跑。「等我快跑到兩腳獸窩時，你們再製造一點聲響。」他命令道。

「妳願意讓他這樣做？」灰霧小聲問霧星。

「我們別無選擇。」霧星神情嚴肅地回答。**喔，偉大的星族啊，請守護他！**

貓群安靜地看著蘆葦鬚沿著窄窄的木條跳躍。他悄無聲息地匍匐靠近兩腳獸窩，背上的皮毛就像一團黑影。

等他距離巢穴不到一隻狐狸長的距離時，霧星抬起頭來。「臭狗！」她尖叫著，「來這裡啊，你們這些粗魯的傢伙！」

一隻狗轉過身，豎直毛髮，吠聲狂叫，另一隻狗也跟著吠叫。

「你們怕我們，對嗎？」錦葵鼻嘲弄道。

「來呀，跳蚤毛！有種就來挑一個跟你們體型一樣大的比比看！」知更翅挑釁道。

兩隻狗朝牆邊邁出了一步。霧星看到在牠們身後，穴掌和急掌在石板下朝外窺探。他們倆小得就像小貓，甚至更加脆弱。

「嚇壞了嗎？不敢再靠近嗎？」灰霧站起身，繼續嘶叫，「有本事就來跟我們好好幹一場！」

狗兒上前，幾大步便躍過泥濘的矮草地。

霧星緊緊抓住石牆，不允許自己逃跑。木條的另一端，蘆葦鬚跳了下去，沿著兩腳獸窩邊緣奔向見習生們藏身的地方。

「來！」霧星聽到他喊，「快走這邊！」

穴掌和急掌開始從石板下衝了出來。再快點，再快點，霧星心中吶喊道。

一陣短暫的寂靜後，狗的注意力便從灰牆上的貓群身上轉移回去。一隻狗向後轉過巨大的腦袋，望向兩腳獸窩。當牠看到淺灰色石板背景中有三隻貓顯眼的輪廓後，立即吠了一聲。兩隻狗邁動巨大的腳掌，調頭朝蘆葦鬚和見習生們衝了回去。

「不！」霧星尖叫。她想也不想就跳下石牆，奔到狗兒身後，「來這裡！衝著我來！」

「回牆上去！」蘆葦鬚吼道。他已經到見習生們身旁，正站在他們前面，用尾巴護著他們。

「快跑！」霧星大吼道。這時，她幾乎已經碰到狗的後腿。牠們飛奔的腳掌掀起的泥巴甩在她臉上，其中一條狗蓬鬆的大尾巴害得她差點失足摔倒。她跳起來，用牙齒咬住那條尾巴。頓時，狗一個急煞，被霧星拉著後退。她鼓起勇氣，將牙齒深深咬進那尾巴的皮肉中。狗兒立即轉身，霧星發現自己被拖曳到另一邊。

「快鬆嘴！霧星！」她聽到錦葵鼻在牆上大叫。霧星緊咬牙關，堅持不張嘴。她能感覺到狗兒滾熱的鼻息噴在自己頸背上，氣味臭得足以令她窒息。但她知道，她絕不能鬆口。

一陣急促沉重的腳步聲傳來，灰霧和知更翅已經跑到她身邊。他們立即用後腿、前爪朝狗猛踢猛砍。狗兒慘叫一聲，直往後跳。霧星鬆嘴，踉踉蹌蹌地跪倒在地。灰霧推著她站起身，三隻貓一同朝石牆跑去。

「錦葵鼻在哪裡？」霧星發現石牆上沒有其他貓，立即大聲問。

「在幫蘆葦鬚。」灰霧上氣不接下氣地說。

霧星轉過身，看到淺棕色的戰士正緊抓住另一隻狗的後背，分散牠的精力，讓蘆葦鬚爭取時間，推著穴掌和急掌躍上木條頂端。見習生們一脫險，鴿葵鼻便從狗的肩膀上一躍而上，跳到木條來到見習生們身邊。

窄窄的木條在三隻貓的重壓下漸漸彎曲，不停顫動。

「蘆葦鬚！小心！」霧星嘶吼道。

蘆葦鬚正蹲伏在那裡，想等木條停止晃動再跳上去。兩隻狗張著大嘴，口沫橫飛地朝他撲過去，接著便是可怕的撕扯聲。蘆葦鬚發出痛苦的慘叫。霧星的心碎成兩半。

「蘆葦鬚！不！」

第九章

霧星將後腿收到身下，準備跳下去，但被知更翅拖住了。

「等等！錦葵鼻勾住他了！」

棕毛戰士已經用爪子抓住木條頂端，將身體探下去，直到能咬住蘆葦鬚的後背。他將幾乎一動不動的族貓拖到狗兒的攻擊範圍外，叼著他沿著木條頂端往前走。

穴掌和急掌在他前面戰戰兢兢地走著。狗在下面又跳又咬。但錦葵鼻始終不為所動，朝前走著。為了咬住族貓，他累得眼睛都鼓漲開來。

當見習生們戰戰兢兢地踏上石牆後，霧星將他們倆推到一邊，迎上前接過錦葵鼻口中的兒子。

黑毛公貓發出微弱的呻吟，他側腹上有一條慘烈的大傷口。傷口非常深，霧星甚至能看到他後腿裡面白得發亮的骨頭。

「喔，我的星族啊！」她驚叫道。

「我們很抱歉。」穴掌哀鳴道，「我們只是想找吃的。」

「寵物貓的食物。」急掌補充道，他低垂著頭。「我們之前在這裡找到一些吃的，味道還不錯。我們想只要我們在這裡吃飽，就不需要再吃獵物堆裡的任何東西了。」

霧星怒視著見習生，真想一爪扒向他們的耳朵，讓他們也體會一下蘆葦鬚承受的痛苦。但她知道，他們並沒有想讓任何貓受傷的意思，他們還以為自己在幫忙部族。

知更翅走到霧星旁邊。「我們把蘆葦鬚帶回營地吧。」他和錦葵鼻站在牆角，灰霧和霧星將蘆葦鬚輕輕地放到他們肩上。

戰士們被副族長壓得微微一晃，然後便努力站穩，開始在草地上艱難行走。霧星邊走邊頂住蘆葦鬚的頭，盡可能防止被錦葵鼻的肘部撞到。

灰霧殿後，見習生們在她兩側。年輕的貓兒腦海中一片空白，表情可憐兮兮的樣子，連話都說不出來。

他們一直走在堤岸頂端，不讓蘆葦鬚有掉進溪流裡的危險。

奮力將蘆葦鬚拖到河族領地旁的灌木叢邊時，灰霧和霧星便走上前，將枝條撥到兩邊，但蘆葦鬚的身體還是會被一些樹枝抽打到。每當他被鬆脫開的枝葉擦碰時，霧星都會難過地發出嗚咽。

一進入營地，灰霧立即高喊道：「蛾翅！快來！」

蛾翅金黃色的腦袋從長老窩中伸了出來。

「怎麼了？」她的身上沾著不少苔蘚碎屑。霧星猜她正在準備自己臥鋪。

邊。

「蘆葦鬚受傷了！」錦葵鼻大叫的時候，蛾翅已經從葉叢中擠了出來，快速奔向空地這

戰士們將蘆葦鬚輕輕地放到地上。

蛾翅盯著破裂的傷口。「我們需要蜘蛛網、聚合草、金盞花和水薄荷。」她分析道，「知更翅，去取一些浸溼的苔蘚。我聞出來是狗的氣味，對嗎？」

「沒錯，」錦葵鼻說，「即使兩隻狗沒有全面攻擊，他至少也被一隻狗咬傷了。」

「那樣的話，我們就必須盡可能將傷口清理乾淨。」蛾翅用前掌輕輕撫摸蘆葦鬚的背脊。

「我想沒有骨折，但暫時還是不要動他。」

霧星走上前，她的心跳得如此厲害，幾乎說不出話。但她還是伸出一隻腳，將蛾翅從蘆葦鬚身邊推離。「讓柳光來。」她焦急地說。

族貓們都望向她。「霧星，妳在做什麼？」

灰霧喊道：「蛾翅是我們的巫醫！」

「不再是了。」霧星小聲回答。

蛾翅眨眨眼睛：「妳真的要這麼做嗎？蘆葦鬚非常非常虛弱。」

「柳光知道該怎麼做，」霧星堅持道，「星族會帶領她的。」

蛾翅一愣，然後轉過身去，「我去叫她。」

「我不懂！」知更翅哀號道，「妳這是在做什麼？」

「我知道我在做什麼。」霧星絲毫不讓步。

柳光狂奔而來。「蛾翅說蘆葦鬚受傷了！」她停住，仔細檢查副族長的身體，傷口流出的血將他身下的土地染得如落日般紅豔。「我的星族呀！」

霧星仰頭問道：「我知道妳能治好他，柳光。請妳幫幫忙。」

柳光張嘴想說什麼，但接著又猛然閉上，開始查看傷勢。

霧星盯著她的兒子。**我不想連你也失去**，她拚命在內心祈禱。**我知道你需要星族幫你渡過難關，這是蛾翅做不到的事。我所做的是正確的事情，一定是的。**

一群貓聚集在蘆葦鬚的周圍。蛾翅為柳光送來藥草便離開。

霧星聽到族貓們都小聲議論，漸漸由困惑變成憤怒。

「蛾翅去哪裡了？」

「她怎麼能在族貓受傷時坐視不管呢？這絕對違反巫醫守則！」

「霧星說她不再是巫醫了。」

「什麼？看在星族的份上，這是為什麼？」

因為蛾翅不相信星族的存在啊！霧星絕望地想。

她緊盯著柳光，看她小心翼翼地沖洗蘆葦鬚的傷口，然後用蜘蛛網和新調配的藥膏進行包紮。蘆葦鬚的眼睛始終閉著，呼吸非常微弱，幾乎看不出側腹的起伏。

霧星再也承受不了，無法眼睜睜地看他受罪。她走出營地，走向領地內樹木最茂密的部分。她進入一叢荊棘叢中，蹲伏下來，並用尾巴圍住口鼻。

星族啊，我們現在需要祢！請指引柳光的腳步，帶她治好蘆葦鬚的傷，使他能重新強壯起

來。請不要奪走我的最後一個孩子。

身旁的綠葉微微晃動，一股微弱的氣味飄進荊棘叢中。霧星抬起頭。「是石毛嗎？」她只能在荊棘叢中分辨出一個模糊的身影，灰色的皮毛、寬碩的肩膀。

「石毛，祢是為蘆葦鬚而來嗎？拜託祢不要把他帶到星族！」

她哥哥朝前探出身體，直到她能感受到他的呼吸落在自己臉頰上。「蘆葦鬚現在危在旦夕。」他輕聲說，「他需要得到一切幫助。」

「那就去告訴柳光啊！」霧星哀求他，「告訴她該怎麼做。」

石毛搖搖頭，似乎也陷入悲痛中。「湖不是唯一的獵物來源。」他重複著過去說過的話，「河族還有另一名巫醫。」

「但是蛾翅不相信祢們的存在！她怎麼可能是一隻真正的巫醫？她對整個部族撒謊，她永遠也不可能聽到祢們對她說的話。」

「那星族告訴過妳如何生小孩嗎？」石毛問道。

霧星驚訝地望著哥哥：「沒有，當然沒有。」

「那妳是相信直覺，獨自完成的對吧？」

「還有泥毛幫我——祢說的沒錯，我想我的直覺已經告訴我該怎麼做了。」霧星承認道。

她不知道石毛這些話的意思，但身旁石毛的身影已逐漸模糊。

霧星伸出前掌，想要留住眼前的景象。

「或許妳應該信任蛾翅，讓她獨自完成使命。」這是她聽到的最後一句話。

霧星十分困惑。她走出荊棘叢。就在她快離開最後一根藤蔓時，一枚淡綠色的繭出現在她面前。那繭十分薄透，霧星幾乎可以將牠看個清楚。

她好奇地停下腳步。

當她觀察時，繭開始破裂。一個縮成一團的溼答答棕色生物出現了，看起來比一根樹枝還細。繭脫落，留下那團東西附著在荊棘叢上。

霧星著迷地注視著，小東西伸出第一隻翅膀，接著又伸出另一隻。那對翅膀在淡淡的光線中閃爍，比蜘蛛還薄，連最小的微風也能將牠吹起。

等到翅膀變乾以後，更加醒目的色彩出現了：狐狸般鮮豔的黃棕色，帶有白邊的藍圈，以及看起來就像星星投影的黑色斑點。是一隻飛蛾！

牠知道自己是什麼嗎？霧星很好奇。

飛啊，小傢伙！你的翅膀就是用來飛的！

飛蛾停留在藤蔓上，翅膀開始顫抖。接著牠那細如毛髮的腿一動，收縮翅膀，任由風將牠帶入空中。

牠在荊棘叢上方停留了片刻。接著，飛蛾的翅膀很快地收合，從荊棘叢中飛高，飛越下方的荊棘，飛向冷冽清澈的天空。

霧星發現自己一直屏氣凝神著。

這隻飛蛾有牠自己的星族嗎？或者牠真的是靠自己出生，並且懂得如何振翅，如何單純地運用本能飛行。

霧星想起石毛的話，感覺到全身皮毛一陣刺痛。

飛蛾是祢送來的，對嗎，石毛？祢把這當作一個預兆，一個傳遞給我的預言，告訴我應該相信蛾翅的直覺，而不能因為她沒有做的事情來對她下定論。

第十章

霧星奔向營地，衝進入口。空地上空空蕩蕩，寂靜無聲。完全看不出來蘆葦鬚或柳光或其他貓曾在此聚集。

蘆葦鬚難道已經死了嗎？是她來得太晚嗎？她發現灰霧從廁所走出來，於是對著她呼喊。「他在哪裡？柳光在哪裡？」

灰霧望著她。霧星被她審視的目光嚇了一跳。「他們在巫醫窩。」她說。

霧星不敢再問蘆葦鬚的情況如何。她衝向岩石旁，朝窩裡打探。柳光正俯身在副族長一動不動的黑色身體旁。「他……他還活著嗎？」

「還有一口氣。」柳光頭也沒抬地回答道，「我已盡我所能，做了能做的事。」

霧星走上前。「蛾翅在哪裡？」

憤怒令柳光毛髮直豎。「在長老窩，是妳把她送去那裡的。」

霧星哽咽了一下。「我犯了個錯誤。」她

低聲說，然後便轉身離開。她來到用灌木叢遮掩的長老窩，低頭一探，「蛾翅？」

暗影中一陣微弱的躁動。「怎麼了？」

「蛾翅，蘆葦鬚需要妳。」霧星頓了頓，「我需要妳，請妳別讓我失去孩子。」

蛾翅從窩內深處走出來，等霧星退了一步後，跟著到外面。她藍色的碧眼中充滿警戒與不安。

「我錯了。」霧星坦承道，「妳仍然是河族的巫醫。我不能剝奪妳的身分。」她想起了那隻飛蛾，牠自豪、強健、充滿自信，在不受任何幫助的情況下便能展翅高飛。「請原諒我，蛾翅。」

蛾翅伸直身體，直到她的口鼻落在霧星頭頂。「我會竭盡所能來幫助蘆葦鬚。」她承諾道。接著，她便從霧星身旁擠了過去，消失在巫醫窩裡。

霧星強迫自己不要跟過去，蘆葦鬚正躺在最適合復原的地方，她只會礙事。忽然，她明白自己該去哪裡了。她轉身，小跑步往營地入口去。

剛到營地外，她便遇到甲蟲鬚。「蘆葦鬚還好吧？」戰士問道。

「蛾翅、柳光跟他在一起。」霧星回答。看到對方一臉訝異，她補充道：「河族受到星族看顧，擁有兩名巫醫。如果你願意，可以把這一點告訴別的族貓。」

甲蟲鬚與她相視片刻，點了點頭。「正如妳所說，我們非常幸運。」他附和道。

霧星繼續邁步前行，甲蟲鬚在她身後喊道：「我陪妳一會兒好嗎？」

霧星搖搖頭。「不用，謝謝你。我一會兒就回來。我保證。」

她越過溪流，穿過沼澤，從一堆草叢跳到另一堆草叢，盡量避免腳掌沾上泥巴。她順著岸邊小跑，目光越過波光粼粼的水面，望向遮掩在灌木叢中的河族營地。

「星族啊，幫助蛾翅和柳光吧。」她默默祈禱。

來到風族和雷族劃分的溪流邊後，她開始攀爬。她沒有遇到任何一隊巡邏隊，但看到一群風族貓在不遠處的高沼地上奔跑。她依然不懂他們為何能跑那麼快。她不斷向上攀爬，直到四肢痠痛。

最終，圍成一圈的灌木叢出現在前方，她發現自己已站在那條通往月池的小徑，這裡布滿著深深淺淺的腳印。

她蹲伏下來，閉上眼睛，用鼻子接觸冰冷的池水。她想從夢中走進星族，找到石毛，讓祂他知道自己看到了祂給的預言。一陣微風吹動她的毛髮，她期待地睜開雙眼。

令她失望的是，自己仍在月池邊。僅有光禿禿的石壁，灰暗的天空中一顆星星都沒有。霧星心中一緊，身子微微發抖。如果星族不讓她進去，這會不會是個壞預兆呢？

這時，她發現一隻貓順著小路朝她走來。一時間，她沒能認出那個棕色長毛的強健身形。但緊接著她便意識到，那是泥毛。泥毛也是巫醫。由於太老，身體無法承受大遷移的折磨，後來留在了森林裡。霧星站起身。

泥毛愈走愈近，一直走到她面前——大約一隻狐狸身長的距離。他點頭表示問候，然後用尾尖點了一下。

「我們坐下來吧。」他提議。他的出現令霧星驚訝，但她還是蹲坐下來。

泥毛深吸一口氣。「我很早便發覺到蛾翅不相信星族這件事。」他望著月池邊，開口解釋，「但我從來都看不出有什麼理由需要去懷疑她。我可以預測她將成為一名優秀的巫醫。她聰明冷靜，比我還要關心傷痛的族貓。做為一名巫醫，為部族服務是最重要的事。我知道蛾翅願意為此付出一切。」

「但她的其他職責呢？」霧星追問道，「例如看到來自星族的預兆，舉行儀式？」

「星族可以跟他們族中的任何一隻貓交流。」泥毛回答，「不只是巫醫，因為我們都會做夢。至於儀式，只要蛾翅說出正確的詞句，其他貓又怎麼會知道她心裡想的是什麼呢？」

「但有一個預兆，你選擇她是因為你發現了一隻飛蛾的翅膀。」

泥毛低頭盯著腳掌，「啊！沒錯。的確如此。至少這使我下定決心。也許那真的是個預兆，也許不是。如果是，那意味著星族比我們任何一隻貓更早發現她的才能。如果不是。好吧，我覺得祂們會在不久之後想辦法告訴我一些訊息。」

「但祂們沒這樣做，對嗎？」霧星繼續低語，「儘管星族知道蛾翅從來都聽不見祂們的聲音，卻還是同意她擔任我們的巫醫。」

「我花了很長時間思考這個問題。」泥毛說，「信仰不僅僅是相信戰士祖靈。它意味著對那些於自身而言至關重要的事物保持忠誠。對蛾翅來說，最重要的事就是她的部族和她的族貓。除了這，難道身為巫醫還需要什麼嗎？」

霧星望著月池，天空下的池面黯淡無光。真的，還需要什麼嗎？從成為泥毛的見習生那一刻開始，蛾翅對部族的關心就從未停止過。就像那隻飛蛾一樣，她教會自已獨立飛翔。

「霧星？」

霧星轉過頭。泥毛已經不見，蛾翅正站在她身後。

她怎麼會在這裡，而不是跟蘆葦鬚在一起？

霧星忽然感到喘不過氣來。「蘆葦鬚怎麼了嗎？」她急促地問。

「正熟睡著呢。」蛾翅急忙插嘴道，「沒有感染的跡象，只要他靜養一段時間，傷口就會癒合。」

霧星頓時鬆了口氣。「喔，感謝星族。」她輕聲說，接著她挺起胸膛，「也謝謝妳，蛾翅。感謝妳所做的一切。不過妳是怎麼知道我在這裡的？」

「我不知道。」蛾翅回答，「但我常常在需要時間思考時來這裡。在我之前的所有充滿智慧的巫醫，肯定都以某種方式在這些石頭上磨踏過！」

「只是妳仍然不相信祂們所做的任何事情。」霧星喃喃地說。

蛾翅目光犀利地盯著她。「我相信從過去發現的事物中學習的重要性。相信健康是多麼珍貴。相信為了讓我們的族貓保持健康，我必須非常努力地工作。那個具有隱藏涵義的預兆、預言和夢境的世界，並未在我眼前打開。不過我想，這個事實並沒有使我失去什麼。霧星，我尊重妳的信仰，妳也必須尊重對我而言重要的東西。」

霧星點點頭。

「誰能料到，一隻飛蛾會教會我那麼多東西呢？」她自言自語般咕噥道。

「妳說什麼？」

霧星將尾巴搭在朋友的背脊上。「沒什麼。只是有一些事情必須牢記在心。」她喵聲說，「現在，在我們回到營地以前，先讓我們這兩隻老貓休息一下吧！」

國家圖書館出版品預行編目(CIP)資料

說不完的故事 1 / 艾琳・杭特（Erin Hunter）著；謝雅文、宋亞譯. -- 初版. -- 台中市；晨星 2015. 08
面；　公分. --（貓戰士外傳；35）
譯自：The Untold Stories
ISBN 978-986-443-020-8（平裝）
874.59　　104009665

貓戰士外傳之VII Warriors Super Edition

說不完的故事1 The Untold Stories

作者	艾琳・杭特（Erin Hunter）
譯者	謝雅文、宋亞
責任編輯	郭玟君
文字編輯	謝宜真
校對	郭芳吟、劉思敏
封面插圖	萬伯
封面設計	許芷婷
美術編排	黃寶慧、張蘊方
創辦人	陳銘民
發行所	晨星出版有限公司 407台中市西屯區工業30路1號1樓 TEL：04-23595820　FAX：04-23550581 行政院新聞局局版台業字第2500號
法律顧問	陳思成律師
初版	西元2015年08月15日
再版	西元2023年05月20日（五刷）
讀者訂購專線	TEL：（02）23672044 /（04）23595819#212
讀者傳真專線	FAX：（02）23635741 /（04）23595493
讀者專用信箱	service@morningstar.com.tw
網路書店	http://www.morningstar.com.tw
郵政劃撥	15060393（知己圖書股份有限公司）
印刷	上好印刷股份有限公司

定價250元

（缺頁或破損的書，請寄回更換）

ISBN 978-986-443-020-8

☐ 我已經是會員，卡號 ______________________

☐ 我不是會員，我要加入貓戰士會員

姓　名：__________________ 性　別：__________ 生　日：__________________

e-mail：____

地　址：☐☐☐________縣／市________鄉／鎮／市／區 ________路／街

________段______巷______弄______號______樓／室

電　話：____

☐ 我要收到貓戰士最新消息

貓戰士鐵製鉛筆盒抽獎活動

將兩個貓爪和一顆蘋果一起貼在本回函並寄回，就可以獲得晨星出版獨家設計「貓戰士鐵製鉛筆盒」乙個！

貓爪在貓戰士書籍的書腰上，本書也有喔！蘋果則是在晨星出版蘋果文庫的書籍書腰上！

哪些書有蘋果？科學怪人、簡愛、法布爾昆蟲記、成語四格漫畫...更多請洽少年晨星官方Line ID：@api6044d

點數黏貼處

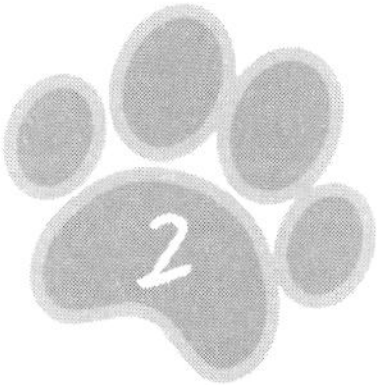

請填妥後對折裝訂，再貼妥郵票寄出

請黏貼
8 元郵票

407

台中市工業區30路1號

晨星出版有限公司

TEL：（04）23595820　FAX：（04）23550581

e-mail：service@morningstar.com.tw

http://www.morningstar.com.tw

請沿虛線摺下裝訂，謝謝！

加入貓戰士俱樂部

【貓戰士會員優惠】

憑卡號在晨星出版社購書可享優惠、擁有限定商品、還能獲得最新消息等會員福利。

【三方法擇一，加入貓戰士會員】

1. 填妥本張回函，並寄回此回函。
2. 拍照本回函資料，加入官方Line@，再以Line傳送。
3. 掃描後方「線上填寫」QR Code，立即填寫會員資料。

Line ID：
api6044d

「線上填寫」
QR Code

★寄回回函後，因郵寄與處理時間，需2～3週。